suhrkamp taschenbuch 4721

Crans-Montana in den 1960ern. Jahr für Jahr treffen sich in dem mondänen Urlaubsort drei betörende junge Frauen: Chris, Charlie und Claudia. Ein paar Jungen sind den sirenenhaften Erscheinungen hoffnungslos verfallen. Dazu verdammt, die »drei Cs« aus der Ferne – auf der Skipiste, am Pool, im Nachtclub – zu beobachten, bedeuten für die Jungen bereits die unscheinbarsten Gesten die Welt. Und dann gibt es da auch noch ihre unbezwingbaren Konkurrenten: »die Italiener«. Die Jahre verstreichen, es werden exzentrische Feste gefeiert, Ehen geschlossen, und noch immer streben Chris, Charlie, Claudia und ihre ehemaligen Verehrer nach dem vielleicht Unerreichbaren: Leichtigkeit, Liebe und Wahrhaftigkeit.

Monica Sabolo war Redakteurin der Kulturzeitschrift *Grazia*. Heute widmet sich die französische Bestsellerautorin ausschließlich dem Schreiben. Für ihren Roman *Das hat alles nichts mit mir zu tun* hat sie 2013 den renommierten Prix de Flore erhalten.

Christian Kolb, geboren 1970, studierte französische Literatur und Filmwissenschaft in Berlin und Paris. Er übersetzte die Romane von David Foenkinos, daneben u. a. auch Nicolas Fargues *Die Rolle meines Lebens*. Kolb lebt in Berlin.

Zuletzt ist von Monica Sabolo im suhrkamp taschenbuch erschienen: *Das hat alles nichts mit mir zu tun*. Eine Liebesinventur (st 4547).

MONICA SABOLO

DIE GOLDENEN TAGE

Roman

Aus dem Französischen von

Christian Kolb

Suhrkamp

Die Originalausgabe erschien 2015 unter dem Titel
Crans-Montana
bei Éditions Jean-Claude Lattès.

Die Arbeit des Übersetzers am vorliegenden Text wurde durch ein Elmar-Tophoven-Stipendium der DVA-Stiftung und des Deutschen Übersetzerfonds gefördert.

Erste Auflage 2016
suhrkamp taschenbuch 4721
Deutsche Erstausgabe

Druck und Bindung: CPI – Ebner & Spiegel, Ulm
Umschlaggestaltung: hißmann, heilmann, hamburg
Umschlagfoto: René Burri / Magnum Photos / Agentur Focus
Printed in Germany
ISBN 978-3-518-46721-3

DIE GOLDENEN TAGE

DIE JUNGS

1

Zu der Zeit in Crans-Montana war jeder von uns verliebt. In alle drei gleichzeitig, oder erst in die eine und dann in die andere, oder auch nur in die eine; unsere Leidenschaft entflammte in der Eissporthalle, vor der Bäckerei oder an der Kabinenseilbahn, sie trug einen Strickpullover oder einen Biberpelzmantel, sie lächelte uns zu und zermalmte unsere Herzen von fern.

Wir kannten ihre Kleidung und ihre Parfums. Das Lächeln, die Grübchen, die Muttermale an Schultern und Unterarmen und die prallen Konturen ihrer Hintern, die in den Levi's ihrer Brüder steckten. Wir kannten die Chalets, in denen sie wohnten, wir kannten ihre Eltern, ihren Schmuck, die Broschen, ihre mit Halbedelsteinen besetzten Ohrringe, die Korallenarmbänder, ihre bunten Strümpfe, die bis über die Schenkel reichten. Wir kannten ihre Adressen in Paris oder Mailand, wir wussten, wann sie Geburtstag hatten, welches Collège im 16. Arrondissement oder welches Pensionat in Lausanne sie besuchten.

Wir kannten sie so, wie Kriminalkommissare die Verdächtigen kennen, die sie beschatten, während sie sich bei steckendem Zündschlüssel in einem grauen Wagen verschanzen. Wir sammelten Indizien: Menthol-Zigaretten, Hollywood-Kaugummis mit Zitronengeschmack, Veilchenbonbons und einen echten Onyx-Ring mit Totenkopf darauf, der auf einem Waschbeckenrand vergessen worden und hektisch in eine Hosentasche geglitten war. Noch am selben Abend ging er im Golfclub von Hand zu Hand und wurde schweigend von jedem von uns unter die Lupe genommen, als glanzvolles Beweisstück für die Existenz des weiblichen Mysteriums.

Wenn wir wieder zurück waren in unserem bürgerlichen Zuhause und unsere Ferienerinnerungen wie einen Diaabend an uns vorüberziehen ließen, erschienen sie uns im Traum, lichtdurchtränkt, und hauchten uns in einer Geheimsprache süße Worte zu. Sie waren für uns die erste Liebe, alle späteren Frauen in unserem Leben wurden an ihnen gemessen, keine konnte uns diese Geister je austreiben. Sie waren wirklicher als unsere Ehefrauen, unsere Liebhaberinnen, wirklicher als die Mütter unserer Kinder.

Die drei Cs, Chris, Charlie und Claudia. Zwei Pariserinnen und eine Italienerin. Sie waren eine Clique, immer zusammen unterwegs, sie gingen Arm in Arm oder saßen nonchalant auf einer Bank und schlugen die Beine übereinander; die drei waren ganz unterschiedlich, und doch stellten sie eine vollkommene Einheit, eine Art Sternbild dar. Claudia, blondes Haar, blasse Gesichtsfarbe, schmale Hüften, verführerisches Lächeln. Chris, braune Locken, matter Teint, aufreizende Lippen, Nägel lang wie Krallen. Charlie, schwarzes Haar bis zum Hintern, kleine Brüste, lange Beine, undurchdringliches Gesicht. Sie hatten ganz offensichtlich ihren Spaß, die Welt um sie herum kümmerte sie einen Dreck. Sie tranken Cola mit dem

Strohhalm, fassten sich beim Eislaufen an den Händen, während ihre Haare über die Schultern fielen, und wir spürten jedes Mal, wie unser Puls verrücktspielte und unsere Wangen glühten, einer von uns täuschte dabei regelmäßig vor, gleich sterben zu müssen, er griff sich plötzlich ans Herz oder legte eine imaginäre Pistole an seiner Schläfe an.

Wann haben wir sie zum ersten Mal gesehen? Im Winter 1965? Oder im Frühjahr 66? Das erste Mal seien sie, in Pareos gewickelt, zur polynesischen Silvesterfeier 1965 erschienen, und zwar im *Quatre cents coups*, behauptete Roberto Alazraki, ein Italiener aus Tripolis, der sich mit achtzehn die Nase operieren ließ. Der Pariser Serge Chubowska, der selbst beim Bowling Krawatte trug, versicherte dagegen, zum ersten Mal hätten sie in der Disko unter dem Steakhaus getanzt, das sei in den Osterferien 1966 gewesen, und reichlich »Feuer unterm Arsch« hätten sie gehabt, doch auf die Aussagen von Serge Chubowska war nun wahrlich kein Verlass.

Wir verbrachten die Ferien, Sommer wie Winter, immer oder so gut wie immer in der Schweiz, in Crans-Montana oder Montana-Crans, wie es früher hieß. Vor ihren Freundinnen gebärdeten sich unsere Mütter wie Angestellte eines Reisebüros, sie rühmten die Schönheit der Berge, die gute Luft, die innere Ruhe, die sie dort überkam, all die Dinge, die uns egal waren und vor Augen hielten, dass unsere Eltern uns nie verstehen würden. Für uns war Crans-Montana nie ein Zufluchtsort, auch in der Zeit vor den drei Cs nicht. Das Licht war grell, der Himmel unerbittlich, der Wald finster und furchteinflößend. Wenn wir die Abfahrten hinunterrauschten oder uns in unsere Baumwolldecken kuschelten, fühlten wir uns schmerzvoll lebendig, zu wild schlugen unsere Herzen. In Paris führten wir ein gewöhnliches Leben, doch in Crans-Montana war alles maßlos, die Freiheit beängstigend. Wir, allesamt Söhne aus guten Familien, aus jüdischen Familien zumeist – andererseits waren wir eine Clique, insofern spielte das keine Rolle –, wir machten gemeinsame Skikurse, trafen uns an der Crêperie und später in den Nachtclubs, und unser Atem ging immer schneller, die Erregung und die drohenden Gefahren schnürten uns die Brust zusammen.

In Wahrheit waren die drei Cs immer da gewesen. Sie trippelten durch die *Grand-Place,* den modernen Supermarkt im Zentrum von Crans-Montana, wo unsere Eltern absurde Mengen an Käse und Schokolade einkauften. Sie lutschten hinter den Rücken ihrer strengen Brüder Sugus, Schweizer Kaubonbons mit Glukosesirup. Sie waren wohlerzogene, zurückhaltende kleine Mädchen, in dunkle Wollmäntel gesteckt, die aussahen wie aus Pappe. Sie bekamen Golfstunden, sie nahmen an den Skikursen teil, sie gingen ins Schwimmbad, flitzten im Golfclub über die Terrasse, wo sie die orangefarbenen Plastikstängel zum Umrühren der Cocktails klauten, wie wir. Doch wir hatten sie nicht bemerkt. Wir lebten in einer Parallelwelt, süß und weich wie Schnee im Frühling. Es gibt keine Erinnerungen an diese Zeit, von der uns nur die Parfums unserer Mütter im Gedächtnis geblieben sind, die uns küssten am Abend, in Schale geworfen und geschminkt, und uns zurückließen mit einem vagen Gefühl der Besorgnis und dem Bewusstsein der totalen Sinnlosigkeit unserer Existenz.

Eines Sommers – oder eines Winters? – hatten die drei Cs dann plötzlich eine sagenhafte physiognomische Verwandlung erfahren, sie hatten mit einem Mal Brüste bekommen, die Haare waren lang, die Schenkel unter den karierten Faltenröcken kräftig, sie trugen Halsketten und Armbänder.

Wie hatten sie sich eigentlich kennengelernt? Niemand wird es je erfahren.

Verzückung und Verblüffung hielten einander wohl die Waage, als sie derart verändert in Erscheinung traten. Die Welt geriet ins Wanken, ein siegesgewisses Lächeln verkündete die Revolution. Schrecklich und fabelhaft würde das Leben von nun an sein, einsam und voller nächtlicher Erregung, die in uns rauschte wie ein unterirdischer See.

2

Sie waren da, aber wir hatten sie nicht bemerkt. Franco Rossetti, dessen Eltern in Montana einen Tante-Emma-Laden betrieben, erzählte uns, wie alles angefangen hatte, in jener dunklen Zeit, in der wir noch blind waren.

Franco war höchstens zwei Jahre älter als wir, galt jedoch schon als richtiger Mann, im Gegensatz zu uns, die wir klein und schmächtig waren. Unter den verblichenen T-Shirts ließ er seine Muskeln spielen, die so etwas wie ein eigenes Dasein zu führen schienen. Wir rissen Witze über seinen »Lümmel«. Und während sich durch seine Jeans ein faszinierender Körperbau abzeichnete, trugen wir Cordhosen im Winter und Bermudashorts im Sommer. Der blanke Horror.

Richteten unsere Eltern das Wort an ihn, dann so, als wäre er einer von ihnen. Sie hatten Respekt vor ihm. Uns verboten unsere Väter, bei Tisch zu sprechen, sie schlossen sich in ihren Arbeitszimmern ein, weil unsere Anwesenheit ihnen lästig war, aber sie liebten es, mit Franco ein Schwätzchen zu halten. Sie schlugen einen komplizenhaften Ton an, einen Ton, den wir überhaupt nicht von ihnen kannten. Sie bestellten Bündnerfleisch, Champagner und Raclettekäse, und Franco verpackte die Waren mit äußerstem Feingefühl in Kartons.

Daniel Vidal, dessen Vater mit einem Hammer, der die Inschrift *Il capo sono io,* Ich bin hier der Boss, trug, auf den Tisch zu hauen pflegte, erzählte uns folgende Szene, er erzählte sie ein ums andere Mal, immer mit vor Zorn funkelnden Augen: »Da lag eine Zeitschrift mit einem Foto von Marilyn Monroe auf der Ladentheke, und auf einmal hat mein Vater zu Franco gesagt: ›Mit so dicken Glocken konnte das ja nicht gut gehen, oder?‹ Wisst ihr, was er gemeint hat? Ihre Titten! Er meinte ihre Titten!« Jedes Mal, wenn Daniel Vidal sich daran erinnerte, ging sein Blick erst ins Leere, bevor er schließlich ein schmerzvolles Grinsen aufsetzte.

Unsere Mütter waren in Francos Gegenwart nicht mehr sie selbst. Auf dem Weg zum Laden zogen sie sich den Lippenstift nach, strichen sich durchs Haar und sprachen mit süßlicher Stimme zu Francos Vater, einem kleinen, untersetzten Wesen mit eingefallenen Wangen, frei von jeglicher Ausstrahlung – erstaunlich, wie hatte ein derartiges Individuum einen so prächtigen Nachkommen hervorbringen können? Es war deutlich zu spüren, dass unsere Mütter sich eigentlich gar nicht an dieses Männchen wandten, das energisch auf seine Registrierkasse eintippte, sondern unter ihren geschminkten Augenlidern immer wieder flüchtig zur Seite blickten. Ihr geschmeidiges Vogelgezwitscher galt dem Knaben, der kaum älter als ihre Söhne war und ihre Besorgungen in Papiertüten verpackte. Édouard de Montaigne, der nie irgendwelches Taschengeld bekam und dem man immer seine Ovomaltine bezahlen musste, verriet, seine Mutter habe Franco mit einem dreisten Lachen zwanzig Schweizer Franken in die hintere Jeanstasche geschoben.

»Zwanzig Schweizer Franken, verdammte Scheiße!«, murmelte er und schüttelte den Kopf.

Franco Rossetti schien sich seiner Andersartigkeit nicht bewusst zu sein, er stand jeden Morgen um fünf auf, um die Lieferungen entgegenzunehmen, während wir uns in unsere Decken kuschelten und unter Flaumfedern wie kleine Mädchen schliefen. Seit seinem dreizehnten Lebensjahr fuhr er den Lieferwagen seines Vaters, und niemand echauffierte sich deswegen, denn für Franco besaßen die Menschengesetze keine Gültigkeit, er genoss eine Sonderstellung. Er hatte einen ungezwungenen Charme, versprühte eine wilde Eleganz, und wir mochten ihn gern. Im Grunde wollten wir alle sein wie er. Wenn unsere sorgenvoll faszinierten Blicke sich auf seinen glorreichen, schweißbedeckten Oberkörper richteten, zwinkerte oder lächelte er uns zu. Und wir waren ihm dankbar dafür, dass er so tat, als wären wir vom gleichen Schlag wie er.

Jahre später, als halluzinogene Pilze einen Teil seines Gehirns aufgezehrt hatten, er türkisfarbene Armbänder und Cowboyhemden trug, betrachteten wir ihn noch immer mit einer Mischung aus Bewunderung und Neid. Es ging so etwas Animalisches von ihm aus, und er sprach Walliser Dialekt, was seinem Sex-Appeal seltsamerweise keinen Abbruch tat. Wir trugen maßgeschneiderte Anzüge, rauchten Zigaretten ohne Filter, unsere Manteltaschen quollen über von Geldbündeln, doch seine Gegenwart holte uns zurück in die grausame Realität: Irgendwie waren wir doch die kleinen Jungs von damals geblieben.

Franco Rossetti hatte die drei Cs bereits gekannt, als sie noch keine Clique waren. In dem Schuppen hinter dem Tante-Emma-Laden, wo wir ihn nach dem Skikurs immer besuchten, erzählte er uns von ihrem früheren Leben.

Charlie (die einst Charlotte hieß) und Chris (die nur von ihrer Mutter Christine genannt wurde) kannte er schon sehr lange. Es fiel ihm schwer, sich an Einzelheiten und genaue Daten zu erinnern, was uns ziemlich nervös machte, insbesondere Serge Chubowska, der später dann Tiefbauingenieur werden sollte und sämtliche Details über Chris mit manischer Sorgfalt in ein großes schwarzes Heft eintrug. Franco belieferte die auf einer Anhöhe am Waldrand gelegene Luxusvilla *Palma*, in der die Familie von Chris Breitman wohnte, mit Lebensmitteln. Die modernen Häuser dort oben sahen alle gleich aus und gehörten großteils vornehmen, wohlhabenden jüdischen Familien aus Paris. Charlies Vater Boria Tbilissi dagegen hatte sich in Bluche, einem nicht ganz so angesagten Dorf, ein Chalet mit Hanglage errichten lassen, das den schönen Namen *Les Herbes Folles*, die wild wuchernden Gräser, trug. Wie schmerzlich klangvoll allein der Name war! Das Chalet befand sich nur wenige Kilometer von dem Hospital entfernt, das ihn, den Juden aus Wladiwostok, 1942 aufgenommen hatte, nachdem er mit erfrorenen Händen und Zehen die Grenze passiert hatte.

Mit wissenschaftlicher Präzision zählte Franco die einstigen Bestellungen auf: Wodka, Kichererbsencreme und Maggi-Suppenwürfel für die Familie Tbilissi, Bollinger-Champagner (zehn Flaschen die Woche Minimum!) für die Breitmans, Fonduekäse, Milchbrötchen, Trockenfleisch, Cacolac (Charlies Bruder Gilles trank anscheinend gewaltige Mengen davon, und zwar zu jeder Tages- und Nachtzeit). Francos Erinnerung schwand, sobald es nicht um Konsumgüter ging, seine Gehirnaktivität beschränkte sich offenbar auf die Funktionen einer Registrierkasse. Charlie und Chris waren für ihn nicht mehr als schüchterne kleine Mädchen mit dunklen Haaren und undeutlichen Zügen, viel aufregender fand er ihre Brüder in exotischen Tweed-Anzügen, die ihm die Hand schüttelten und die Schultern durchkneteten. Doch seine eigentlichen Ansprechpartner, das spürte man deutlich, waren die Eltern, an sie wandte er sich mit der Nonchalance und Selbstsicherheit, die ihn auszeichneten, seitdem sich ihm die Geschäftswelt aufgetan hatte, und die hatte sich ihm aufgetan, als er noch nicht einmal schreiben konnte. Boria und Salomé Tbilissi umarmten ihn zur Begrüßung, Maurice und Mara Breitman ebenso, sie schoben ihm Fünffrankenstücke in die Anoraktasche und sahen ihn mit einer Wertschätzung an, wie man sie nur einem freien Mann entgegenbringt.

Franco erwähnte, dass im Hause Tbilissi der Verbrauch von Vania-Monatsbinden im Jahr 1962 (oder 1963? oder 1965?) beträchtlich zunahm, was uns einigermaßen in Aufregung versetzte, wohingegen dieser Artikel bei den Breitmans auf keiner einzigen Liste auftauchte – diese Anomalie ließ sich jedoch womöglich damit erklären, dass die Bestellungen für die Breitmans ausschließlich von Maurice Breitman per Telefon durchgegeben wurden. Dann war da noch der bitter schmeckende Nagellack für Charlie, den Franco aus Genf beordern musste, denn Charlie kaute Fingernägel, was die Ägypterin Salomé

Tbilissi unerträglich fand. »Ihr Haar glänzte wie Otterfell«, hauchte Franco mit heiserer Stimme, als handelte es sich dabei um eine erotische Besonderheit. Die Vorstellung löste in unseren Bermudas schmerzhafte Zuckungen aus.

»Die Leute müssen ja denken, dass das Kind Nägel kaut, weil es nichts zu essen bekommt«, sagte Salomé Tbilissi des Öfteren in gereiztem Ton. Für uns war der Gedanke, dass Charlie unter irgendwelchen Zwängen leiden könnte, sehr verstörend. Wir hatten das Bild ihrer zartrosa lackierten Nägel vor Augen, wir kannten ihr undurchdringliches Lächeln und ihre niemals blinzelnden Augen, als entstammte ihr Herz einer anderen erdgeschichtlichen Periode.

War es möglich, dass sie über ein Nervensystem verfügte? Dass finstere Gedanken sie quälten?

Jahre später – es war der Abend, an dem er verkündete, er werde sich scheiden lassen – eröffnete uns Patrick Saincère, der Kräftigste und Heißblütigste von uns, der sich damals in der Disko regelmäßig mit den Italienern prügelte, die in einem Augenblick der Schwäche seiner Freundin zugelächelt oder sie gar auf einen Drink eingeladen hatten, er habe den berühmten, bitter schmeckenden Nagellack aus Genf zusammen mit einigen Erotikmagazinen, für die er seine ganzen Ersparnisse opfern musste, einmal heimlich bestellt. Mit einer Diskretion, die seinem Ehrenkodex entsprach, habe Franco ihm die Ware nebst einer Schachtel Pralinen in einer Kraftpapiertüte überreicht. Zu Hause angekommen, streichelte

Patrick Saincère, der schon mit elf Jahren sechzig Kilo gewogen hatte und im Rugbyclub von Neuilly Zweite-Reihe-Stürmer war, mit seinen riesigen Händen das winzige Fläschchen. Behutsam schraubte er den Deckel auf, der Geruch erinnerte ihn an die Apotheke oder das Leichenschauhaus, und er spürte, wie sich alles drehte in seinem Kopf, wie er in eine verbotene Welt vordrang.

An jenem Abend in Paris, an dem er Magnumflaschen Champagner bestellte und vor den leeren Augen der Bedienungen unwirsch Fünfhundertfrancscheine schwenkte, gestand er uns, das maßgeschneiderte Hemd schweißgetränkt, dass die Erinnerung an diesen Geruch ihn in all den Jahren nicht losgelassen hat. »Diesen Geruch nach Metall oder Krankheit, den vergisst du nie. Er ist da, er ist immer da«, rief er die ganze Zeit und klatschte sich mit der Handfläche auf die Stirn. »Ich habe alles vergessen, wie ich meine Frau kennengelernt habe, unsere Hochzeit, unsere Urlaube, die Wochenenden, ich habe keine Erinnerung daran. Aber dieser Geruch ist immer noch da! Er ist ein verdammter Dämon.«

3

Chris und Charlie waren Franco Rossetti egal. Genauer gesagt hatte er für sie jene zärtlich angehauchte Gleichgültigkeit übrig, die man für kleine Schwestern empfindet, für Wesen, die einem so vertraut sind, dass sie dadurch fast bedeutungslos werden oder zumindest kein Geheimnis mehr bergen. Später, als sie diese blendenden Schönheiten geworden waren, lächelte er sie großmütig an, wenn sie sich ihm an den Hals warfen und unschuldig ihre Brüste an seinen Oberkörper schmiegten, während wir, versteinerte Beobachter der Szene, die Augen schlossen und uns die feine, weiche Wolle auf unserer Haut vorstellten – indes sich ein glühender Ozean in unsere Lungen ergoss.

Aber da war ja auch noch Claudia. Franco ging das Leben besonnen und pragmatisch an, hatte stets gute Laune und verstand nicht, wenn wir uns wegen Chris und Charlie wie ein Haufen dämlicher Kriminalbeamter das Hirn zermarterten, doch er hatte eine geheime Schwachstelle, einen kalten Dorn im Herzen stecken: Claudia. Er war sich dessen wahrscheinlich gar nicht bewusst, aber sobald sie auftauchte, sandte sein Körper Verzweiflungssignale aus, er begann zu zittern oder sank in sich zusammen, als wäre er von einem Schneeball getroffen worden.

Franco erinnerte sich noch gut an den dunkelgrünen Maserati, der im Dezember 1962 bedächtig schnurrend vor dem Tante-Emma-Laden gehalten hatte. Der Tag war grau, und das Auto wirkte in dem schmutzigen Schnee so deplatziert wie ein Pfau im Moorland. Alberta und Paolo Maggiore glitten elegant aus dem Fahrzeug. Er trug einen hellen Anzug, sie Pumps und Smaragde, die angesichts der Höhenlage etwas unpassend erschienen. Hinter ihnen her lief ein wunderschönes, groß gewachsenes Mädchen mit glänzenden braunen, zur Seite gekämmten Haaren. Ihre jüngere Schwester machte dagegen einen seltsam farblosen Eindruck, wie ein Schatten auf einer Fotografie. Sie hatte einen Topfschnitt, trug einen Mantel mit Bubikragen und verzog den Mund, als hätte sie Bauchweh oder als finge sie gleich an zu weinen. Das war Claudia. Franco erinnerte sich, dass ein Schwall Mitleid in ihm aufgestiegen war, als er die Augenringe auf ihrer blassen Haut und den erloschenen Blick unter dem fast strohblonden Pony bemerkte. Alberta Maggiore war auch blond, aber sie war honigblond und hatte eine Frisur wie ein Filmstar; die Locken, die das Gesicht umrahmten, saßen perfekt, das Werk eines Profis. Ihr sinnlicher, blutrot geschminkter Mund – ihr Sohn hatte übrigens den gleichen – vermittelte den Anschein, dass sie bestimmt kein gewöhnliches Leben führte, sondern pausenlos für erotische Aufnahmen posierte oder in einem Casino auftrat.

Unsere Mütter unterhielten zu ihr ein zwiespältiges Verhältnis. Begegneten sie ihr auf der Straße oder in der Einkaufspassage von Montana, der makellos schönen Alberta Maggiore, gehüllt in einen Kamelhaarmantel aus

Mailand, grüßten sie übertrieben freundlich. Sie blieben stehen, um sich mit ihr zu unterhalten, wozu sie sich sonst nur herabließen, wenn eine ihrer Pariser Freundinnen aufkreuzte, die ihnen mit ihren verblüffenden Anekdoten, ihrem Haarknoten, ihren mittelhohen Absätzen und dem blass gepuderten Teint das Wasser reichen konnte. Sie machten ihr Komplimente, wie fabelhaft sie aussah, wie schön ihre Frisur war, während sie sich sämtliche Details an ihr einprägten und auf ihren Netzhäuten festhielten wie Fotos, die sie wiederum in die Alben in ihren Köpfen einordneten. Den Bräunegrad ihrer Haut, die funkelnden Smaragde, die so gut zu ihren Augen passten, zu ihren »schlangengrünen Augen«, wie die Mutter von Édouard de Montaigne einmal gesagt hatte, ihre Hüte, ihre Lederhandschuhe, die fleischigen Lippen, den scharfen Kontrast zwischen ihrem äußerst eleganten Auftreten und ihren lasziven Rundungen.

Über Alberta Maggiore kursierten aufregende und widersprüchliche Gerüchte. Wir hörten, wie unsere Mütter – niemals die Väter – am Telefon oder bei einer Tasse heißer Schokolade im Salon über sie sprachen, unter ausgestopften Gämsenköpfen, die wie versteinerte Faune an den Wänden prangten. Sie schlugen vornehm die Beine übereinander, rauchten, flüsterten und reckten die Hälse.

Sie habe im Krieg in einem von der Wehrmacht beschlagnahmten Schloss im norditalienischen Colorno als Dolmetscherin für die Deutschen gearbeitet. Sie habe einer antifaschistischen, patriotischen Vereinigung angehört und, mit dem Karabiner bewaffnet, in Mailand an Guerilla-Aktionen teilgenommen. Man habe sie mit Herrn Baumgartner, dem Automechaniker aus Siders,

Deutsch sprechen hören. Sie habe sich in Mar del Plata, Provinz Buenos Aires, wohin sie nach 1945 ausgewandert war, als Animierdame verdingt. Sie würde Diamanten verkaufen, ihr Mann würde sie schleifen, und niemand wisse, woher die Edelsteine stammten. Partisanen haben nach dem Krieg den Bauernhof ihrer Eltern angezündet. Sie sei die Geliebte von Mussolini gewesen. Habe in einem Hollywood-Film mitgespielt. Und für den amerikanischen Geheimdienst gearbeitet.

Es war spannend, diese Unterhaltungen, die vor Erregung zitternden Stimmen unserer Mütter, dieser feinsinnigen Wesen, denen sonst nie irgendeine Gemütsbewegung anzumerken war, zu belauschen. Vor allem aber drehten diese Unterhaltungen sich um eine Zeit, von der für gewöhnlich nie die Rede war, als ob sie in einen dicken Wintermantel gehüllt wäre.

Wir wussten, dass die Eltern von Domino Sontag, einer blonden Schönheit mit Beinen, so schlank wie die eines Vogels, deportiert worden und umgekommen waren, und Domino, die gern in die Disko ging, ein Adoptivkind war. Wir wussten, dass Salomon Weber Tag und Nacht eine Pistole am Leib trug. Wir wussten, dass unsere Eltern »viel durchgemacht« hatten. Es gab Onkel, Tanten, Großeltern, Freunde der Familie, die wir nie kennengelernt hatten und von denen nie gesprochen wurde. Zu Hause in unseren Bibliotheken hingen Fotos und unsere Eltern trugen Aufnahmen von lächelnden jungen Menschen im Portemonnaie, von Frauen mit gekräuseltem Haar, von frisch vermählten Paaren, über die wir nichts wussten, und es fiel uns nicht einmal auf – diese Bilder waren ausgestellt in kunstvoll gearbeiteten Rahmen, sie waren uns vertraut, doch sie dienten nur der Zierde, wie das Porzellanservice oder die aus Holz geschnitzten Enten, die unsere Eltern sammelten. Manchmal spürten wir, wie ein Schleier sich über ihren Blick legte, als wäre durch einen Traumfilter ein verborgenes Bild auf ihren Schirm gelangt. Doch keiner von uns hätte je gewagt, dies anzusprechen. Es kam uns auch gar nicht in den Sinn. Wir wussten, die meisten von uns waren Juden, aber das hatte für uns keinerlei Bedeutung, oder höchstens eine vage, folkloristische. Wir aßen kein koscheres Fleisch, gingen nicht in die Synagoge und bedauerten das Schicksal von Ariel Kattan, der sich an die Sabbatgebote zu halten hatte und samstags nicht Ski laufen durfte, was für uns eine unbegreifliche Strafe darstellte.

Franco mochte Alberta nicht, ihm missfielen ihre gummiballartigen Brüste, ihre Snob-Attitüde und ihr »grausamer« Blick – wir konnten in ihrem Blick zwar keine Grausamkeit feststellen, aber man muss wohl dazusagen, dass wir ihr auch nicht in die Augen schauten. Der zarte, einfühlsame Franco kannte die Schwachstellen der Frauen besser als wir: Von Madame Lambert wurde er mit bis zum Bauchnabel aufgeknöpfter Bluse empfangen; Jacky Barras roch schon nach dem Frühstück nach Gin. Die langhalsige Jungfer Haas ertappte er dabei, wie sie im Alter von achtzig Jahren ihrem Haushälter in die Hose fasste. All das hat Franco uns Jahre später anvertraut, in seiner Stimme lag eine traurige Sanftmut, aber vielleicht war er einfach nur high, wie er es damals nahezu immer war, auch wenn er dadurch seltsamerweise etwas Melancholisches und Weises ausstrahlte.

Wenn er Claudia ansah, zog sein Herz sich wie ein kleiner Vogel in der hohlen Hand zusammen. Lag es an ihrem fürchterlichen Haarschnitt, den hellen, fast grauen Sommersprossen, den Wollhandschuhen, an denen sie ununterbrochen nervös herumnestelte? Geradezu unvorstellbar, aber anscheinend gab es eine Zeit, in der Claudia wahnsinnig schüchtern gewesen war. Für uns war sie die Italienerin, die die kürzesten Shorts trug, die wir je gesehen hatten (Anna Saincère behauptete, dass Claudia sie selbst mit der Nagelschere abschnitt).

Franco und Claudia schlugen beide aus der Art ihrer Familien. Francos braune Locken, der wohlgeformte Körper und die natürliche Ungezwungenheit waren eigentlich wie geschaffen für ein müßiges Dasein irgendwo in Brasilien oder Kalifornien, wo die Haut vor Sonnencreme glänzt und er sich am Rande eines mit Spitzbögen versehenen Swimmingpools rekeln konnte. Claudia hingegen glich einem Gespenst, man sah unter ihrer durchscheinenden Haut fast das Herz pochen, ihre tadellosen Kleider und Mäntel gaben ihr immer den Anschein, als hätte sie sich für die Erstkommunion zurechtgemacht. Sie wirkte innerhalb ihrer Familie, die zu viel Glamour versprühte, um wahr zu sein, wie der Inbegriff des Makels. »Sie hatte eine Menge Leid zu ertragen, *das konnte man spüren«*, erklärte Franco mit vor Wut oder Aufregung funkelnden Augen, »und sie haben *nichts* dagegen unternommen. *Gar nichts*. Ich hätte sie dafür umbringen können. *Ich wollte sie umbringen*.«

Als abends auf dem Nachhauseweg unter unseren federnden Schritten der Schnee knirschte, die reifbedeckten Tannen auf einmal bedrohlich wirkten und unsere Finger vor Kälte steif wurden, kam uns der sanfte Boden unter unseren Füßen so trügerisch vor, als könnte der Winter uns einzingeln und unsere Herzen gefrieren lassen.

4

Wir mochten die Italiener nicht leiden. Sie waren arrogant, trugen ägyptische Baumwollhemden und traten stets in Gruppen auf. Ihre Eleganz hatte etwas Unerträgliches, ihr guter Geschmack etwas Versehentliches. Ihre Haare waren zerzaust, die Hosen zerknittert, doch das schien sie nicht weiter zu kümmern, sie sahen ja trotzdem blendend aus. Ihre geflochtenen Armbänder aus Elefantenleder waren in unseren Augen lächerlich, das Geld verjubelten sie, als ob es ohnehin bedeutungslos wäre. »Sie sind dermaßen *ordinär*«, pflegte Max Mollanger zu sagen und schnaubte dabei verächtlich, obwohl es offensichtlich war, dass er, der mit seinen Norwegerstrickpullis und seiner dicken Brille schon ganz nach einem kleinen Junggesellen aussah, nur davon träumte, auch so ein Lederarmband und ein zerknittertes Hemd zu tragen. Im *Quatre cents coups*, dem Tanzlokal, in dem die Italiener regelmäßig verkehrten, drehte er sich andauernd nach ihnen um, studierte ihre Bewegungen und Gebärden, den lässig-absurden Tanzstil und ihren irrsinnigen Tabakkonsum – sie bewahrten ihre Zigaretten in glatten Etuis auf, wie die Mädchen –, und wirkte bei alldem so hilflos, so armselig, dass wir ihn kaum noch beachteten. Wir mochten Max Mollanger nie besonders. Aber diese morbide Faszination, die die Italiener auf ihn ausübten, überzeugte uns endgültig davon, dass er ein richtig armes Schwein war.

In Wahrheit verkörperte Max Mollanger auf hemmungslose, anstößige, unerträgliche Weise, was jeder von uns tief in seinem Inneren verspürte: das Gefühl einer rasenden Eifersucht, die den Taumel unserer Ohnmacht noch verschlimmerte. Auf den Feten in Paris, in den Sportvereinen und Cafés beneidete man uns, wir waren angesehen, mitunter gefürchtet. Wir schlenderten hämisch grinsend die Gänge unserer Eliteschulen entlang und suchten uns mit fingierter Langeweile unsere Gesprächspartner aus. Die Lehrer gaben sich vorsichtig autoritär, wenn sie mit uns redeten. Die Hausangestellten, die in den Dienstbotenzimmern über unseren Dreihundert-Quadratmeter-Wohnungen hausten, sprachen uns mit »Monsieur« an. Bei Tisch wurden wir bedient. Wir wussten, wir besaßen so etwas wie Macht, aber nachts in unseren Betten war uns oft zum Heulen zumute oder danach, mit den Fäusten gegen die Wand zu schlagen, wir begriffen zwar nicht so recht warum, wir waren in Sicherheit, doch da war dieser Drang, gepaart mit dem Gefühl des freien Falls, das wie Lava in uns aufstieg und in unserer Brust glühte.

Der Anblick der Italiener brachte unsere Welt ins Wanken. Für sie existierten wir überhaupt nicht. Sie gaben sich keinerlei Mühe, Französisch zu sprechen. Sie gaben sich einfach mit nichts Mühe. Das Leben glitt wie ein frischer Gebirgsbach an ihnen herab. Als wir erfuhren, dass Luigi Lorenzi, ein groß gewachsener Blonder mit dunkler Brille, den wir aus dem Nachtclub kannten und dessen unverfrorenes Lächeln unsere Schwestern magisch anzog, sich an einem Novemberabend in Mailand aus dem achten Stock des Hauses seiner Familie gestürzt hatte, waren wir sprachlos. Es hieß, er habe so viele Drogen genommen, dass er einfach gesprungen sei, mit dem Kopf voraus, berauscht von der milden Herbstluft, nachdem er zuvor noch die Schönheit der Nacht gepriesen habe. Im Grunde klang die Geschichte ziemlich unglaubwürdig. An Weihnachten waren die Italiener jedenfalls wieder da, pompös und sorglos wie eh und je, und abgesehen davon, dass Luigi Lorenzi fehlte, lief alles in den gewohnten Bahnen ab. Ein paar Mädchen näherten sich schüchtern dem Tisch der Mailänder und mühten sich redlich, an genauere Informationen zu kommen, aber die Italiener ließen sie gar nicht erst ausreden, die Mädchen erstarrten angesichts der frechen Blicke, die sich auf sie richteten, angesichts des amüsierten »*Ciao ragazze*«, das sie auf der Stelle in rotwangige Statistinnen verwandelte. Victoire Abard de Mougins, berühmt dafür, mit Eddie Constantine geschlafen zu haben, versuchte einmal vor der Herrentoilette, einen der zartbesaiteten Dunkelhaarigen aus Bergamo zur Rede zu stellen, doch der deutete bloß auf sein Ohr, zum Zeichen, dass er sie nicht verstehen konnte, und verschwand in der verrauchten Nacht. Später sollte Victoire behaupten, der Italiener habe sie eines Abends in der Nähe des Kinos geküsst, mitten auf der Straße, er würde ihr nachstellen und sie jeden Tag anrufen, aber er wirkte in ihrer Gegenwart eigentlich ziemlich gleichgültig, schaute sie gar nicht an oder warf höchstens einen zerstreuten Blick auf ihren Hintern, und selbst das war wohl nur so ein Reflex.

Franco Rossetti betrachteten die Italiener als einen von ihnen. Sie freuten sich, wenn er in seinen alten T-Shirts und den hautengen Jeans nach der Arbeit mit müden Augen noch in der Disko auftauchte. Sie standen sogar auf, als erscheine ein Gast, der besondere Würdigung verdient, und Franco begrüßte sie mit einem Zwinkern, jenem Zwinkern, das so typisch für ihn war, genau dem gleichen, mit dem er auch uns begrüßte. Er lachte mit ihnen aus vollem Herzen, ohne auch nur im Geringsten angespannt oder eingebildet zu wirken, und sie klopften ihm auf die Schulter und scherzten auf Italienisch. Eines Tages hatten wir mit Bestürzung festgestellt, dass Franco Italienisch sprach, und das auch noch ohne rollende Rs, wie die größten Mailänder Snobs. Nicht einmal Roberto Alazraki, der einzige in unseren Reihen je akzeptierte Itaker, wahrscheinlich weil er in Tripolis lebte und unter Fettleibigkeit litt, hatte davon gewusst. Es kam allerdings nie vor, dass Franco am Tisch der Italiener Platz nahm. Er setzte sich nämlich zu uns, was uns irgendwie erleichterte, aber auch irgendwie wütend machte.

Mit Giovanni Maggiore, Claudias Bruder, verband Franco so etwas wie eine geheime Freundschaft, die er uns gegenüber nie erwähnte, jedoch nicht, weil er sie uns verheimlichen wollte, sondern weil sie ihm auch nicht wichtiger erschien als andere Dinge. Über die Existenz dieser klandestinen Bande, auf die er gestoßen war, als er das in einer Strumpfschublade versteckte Tagebuch seiner Schwester Anouk las, informierte uns Daniel Vidal. Er erklärte uns, er habe sich angewöhnt, dieses Tagebuch zu lesen, da er begreifen wollte, was in Mädchenköpfen vorgeht. »Ich weiß nicht, ob bloß meine Schwester sonderbar oder vollkommen meschugge ist, aber wenn die Mädchen alle so ticken, dann wird mir echt himmelangst.« Offenbar schrieb Anouk Gedichte, in denen sowohl Wale als auch Eichhörnchen vorkamen, die aber auch vom »Untergang der Seele« und der »Liebe, die einen verbluten lässt« handelten. Sie führte Interviews mit sich selbst (»Anouk, was ist deine Lieblingsfarbe? Wie würdest du deinen Stil beschreiben? Was glaubst du, finden die Jungs dich hübsch?« Die Antwort auf diese letzte Frage gab sie in Großbuchstaben und mit Rotstift: »Mein Kreuz ist meine Nase.«). Doch das eigentlich Verblüffende aus Daniels Sicht war, dass seine Schwester manchmal über ganze Seiten hinweg nichts als Giovannis Namen schrieb (wie bei einer Voodoo-Beschwörung) und all ihre Begegnungen (die im Allgemeinen nur aus einem flüchtigen Kontakt bestanden: »An der Kabinenseilbahn hat er mich angelächelt, sogar Anna hat es gesehen.«) mit ihm notierte.

Zwischen den Seiten steckte ein Schwarz-Weiß-Bild, ein professioneller Abzug (*Barras Photographe* stand am weißen Rand), auf dem Giovanni und Franco auf einer Skipiste zu sehen waren (»Franco fuhr Ski? Wie war das möglich? Wann hatte er dazu Zeit?«), sie hatten einander die Arme um die Schultern gelegt, Giovanni reckte triumphierend einen Skistock in die Luft, Franco hatte sich den Pulli um die Taille gebunden. Sie lächelten, und ihre dunklen, unglaublich sexy Konturen zeichneten sich vor dem Hintergrund des Matterhorns ab, der Schnee glitzerte in der Sonne und bedeckte ihre Skistiefel sowie den unteren Teil ihrer beinahe phosphoreszierenden Keilhosen. Die Welt gehörte ihnen, hätte man denken können. Daniel Vidal verspürte einen Schmerz in der Brust, als hätte er einen Schlag abbekommen. Er habe, so erzählte er uns, seine Armbanduhr gegen die Wand geschmissen, und das sagte eigentlich schon alles, denn die Rolex war seine große Liebe, im Übrigen trug er sie sein Leben lang, wie ein melancholisches Souvenir an jene Zeit, in der er noch an die Verführungskraft von Luxusartikeln geglaubt hatte.

Als er Franco eines Abends in der Disko in einem Ton, der sachlich klingen sollte, bei dem uns jedoch ganz mulmig wurde, zur Rechenschaft ziehen wollte, brach dieser in Gelächter aus. Daniel Vidal schoss manchmal übers Ziel hinaus. Es bereitete ihm Vergnügen, den Pärchen, die morgens um fünf Uhr im Golfclub schwoften, Knallerbsen zwischen die Beine zu werfen, was uns zur Verzweiflung trieb. Aber wir verziehen ihm seine Exzesse, weil sie etwas in uns aufzubrechen vermochten – unsere Scheu, unsere Gefügigkeit, unsere Feigheit? Betrunken, mit gerötetem Hals und schweißglänzendem Haar beugte er sich zu Franco hinüber und stieß mit einer Art spröder Bitterkeit hervor: »Jetzt fährst du auch noch Ski, oder was?«

Keiner von uns, und wir saßen mindestens zu sechst oder gar zu siebt am Tisch und lauschten gebannt dem entgleisenden Gespräch, sagte mehr ein Wort. Daniels Haltung war sehr aufrecht, seine Augen leuchteten, er ähnelte in jenem Moment irgendwie seinem Vater. Patrick Saincère trank sein Whiskyglas aus, Serge Chubowska stand auf, rückte seine Fliege zurecht, ging nach Hause und vergaß seinen Dufflecoat an der Garderobe.

Franco hatte nicht spöttisch, sondern mehr aus Höflichkeit gelacht, als würde er nicht ganz verstehen. Daniel Vidal sollte uns die Szene später noch öfter erzählen – anscheinend hatte er vergessen, dass wir dabei gewesen waren. Er berichtete, Franco sei aufgestanden, habe den Arm um ihn gelegt und ihm ins Ohr geflüstert: »Daniel, ich liebe dich.«

Giovanni Maggiore war also noch vor seiner Schwester Claudia, von deren Existenz wir zu der Zeit noch gar nichts wussten – eine heute unvorstellbare Absurdität –, in unser Leben eingetreten. Was waren wir damals anderes als arme, blinde Tiere?

Franco erklärte, er treffe Giovanni Maggiore von Zeit zu Zeit, man müsse »ein wenig auf ihn aufpassen«, und damit hatte sich die Sache, und niemand stellte irgendwelche Fragen, nicht einmal Serge Chubowska. Franco zündete sich eine Zigarette an, und wir waren angesichts der Geschmeidigkeit dieses Mannes, der Geheimnisse vor uns hatte und diese zu wahren wusste, überrascht und empört zugleich. Er sprach nie von all den Mädchen, die ihm hinterherliefen (und derer gab es viele, sie schoben ihm zusammengeknüllte Zettel in den Anorak, sie betraten den Tante-Emma-Laden, warfen ihre Brüste auf die Theke, beugten sich nach vorn und spielten mit ihren Haaren). Aber Franco prahlte nicht damit. Im Winter 1967 verbrachte Nadine Chaumiens, ein so aufsehen-

wie schreckenerregendes Mädchen vom Lycée Janson-de-Sailly, ihre Ferien in Crans-Montana und entfachte unter den Pariser Gästen eine spürbare Unruhe, Panik geradezu. Sie machte sich an Franco heran, wie er uns Jahre später mitteilte, aber nur so am Rande, als wäre es im Grunde bedeutungslos. Nadine Chaumiens besaß die sagenhafte Verrücktheit – oder Kühnheit –, Franco ins *Cinécrans* einzuladen, um sich *Die Nacht des Leguan* anzusehen (einige unserer Schwestern behaupteten, Nadine habe *My Fair Lady* vorgeschlagen, aber wie dem auch sei, Franco lehnte das Angebot ab – darin stimmen sämtliche Zeugenaussagen überein –, er entschuldigte sich, er habe zu viel Arbeit, es sei eben »Hochsaison«).

Wir begannen, Giovanni Maggiore zu beobachten (man müsse »ein wenig auf ihn aufpassen«, diese rätselhafte Sentenz hallte in uns wider, sie ging uns nicht mehr aus dem Kopf). Auch wenn keiner von uns je ein Wort an ihn gerichtet hatte und sich unsere Wege eher selten kreuzten, nahm er in unserem Leben, oder zumindest in unserer Vorstellungswelt, nun einen festen Platz ein. Ein Schauder überlief uns, wenn er den Golfclub oder die Crêperie betrat, wir wechselten vielsagende Blicke, bildeten ein Rudel, als wollten wir uns verstecken, doch er beachtete uns überhaupt nicht. So sah die grausame Wirklichkeit aus: Es war nicht so, dass er uns verachtete oder unseren Blick mied. Er bemerkte uns schlicht nicht.

Er war unglaublich schön mit seinen zur Seite gekämmten Haaren, den großen grünen Augen seiner Mutter, den vollen Lippen. Er strahlte eine Mischung aus

Wohlerzogenheit und lässigem Sex-Appeal aus. Meist war er umringt von Mädchen mit vor Freude glänzenden Augen, von gut gekleideten Mailänderinnen in Kaninchenpelzjacken, die wie Groupies brav hinter ihm her trippelten, bemüht, den Takt seiner großen, unbekümmerten Schritte zu halten und über seine Witze zu lachen. Er wirkte extrem fröhlich, geradezu kindlich, und auch, wenn er nur im Golfclub allein am Tresen saß und einen Wodka Martini bestellte (»wie James Bond«, konstatierte Serge Chubowska mit einem gewissen Respekt), schien er seinen Spaß zu haben. Selbst Andreas, der Barkeeper aus Zürich, der mit niemandem sprach und lediglich mit konzentrierter Miene die Cocktails mixte – »ein finsterer Typ«, kommentierte Roberto Alazraki –, hielt für einen Augenblick inne und konnte sich ein Lächeln nicht verkneifen, wenn Giovanni mit sicherer Hand und anmutiger Geste eine Olive in die Luft warf, um sie anschließend mit dem Mund aufzufangen.

Doch schon bald vergaßen wir Francos Bemerkung wieder. Hatte er sie überhaupt je gemacht? Wir kamen manchmal auf komische Gedanken, wir waren total übergeschnappt. Wir machten unsere Skikurse, spielten unsere Bowlingpartien, während unsere Mütter Verwandte empfingen und unsere Väter Curling-Turniere bestritten (manche trugen dabei gestrickte Baskenmützen, die uns völlig aus dem Konzept brachten), und die Milde des Winters, der strahlende Sonnenschein über den Alpen und der kristallklare See, der das Licht widerspiegelte, erzeugten in uns das trügerische, einlullende Gefühl, das romantische Postkarten hervorrufen, als stünde die Reinheit des Himmels im Einklang mit der Beschaulichkeit unseres Lebens.

5

In dem Jahr, in dem die Familie Maggiore (sowohl an Weihnachten als auch an Ostern und den Sommer darauf) Crans fernblieb, gingen Gerüchte im Ort um, die vor allem von unseren Müttern gestreut wurden. Die blauen Fensterläden des kleinen Chalets, das auf einer mit Margeriten bedeckten Lichtung in Montana lag, blieben verschlossen. Im Sommer nahm das Gebüsch besorgniserregende Ausmaße an, die Triebe wanden sich an der Fassade empor, hie und da wucherte das Unkraut wie aus einer heißen Quelle. Christian Grange, dessen Familie ein Drei-Zimmer-Apartment in einem etwas höher gelegenen Haus gemietet hatte, versicherte, er habe aus dem Chalet in mehreren aufeinanderfolgenden Nächten suspekte Geräusche vernommen, es habe geklungen, »als wäre dort jemand eingesperrt, der nun mit den Fingernägeln an der Tür kratzte«. Doch die Auskünfte von Christian Grange waren nicht verlässlich, er hatte immer so ein nervöses Zucken im Gesicht und litt unter Ekzemen, die ihm die Haut zwischen den Fingern aufrieben. Wir hatten ihn im Verdacht, heimlich die Tabletten seiner Mutter zu schlucken, einer reservierten Frau, die, nachdem ihr Mann an einer Arterienerweiterung gestorben war, manchmal heftig erregt zu schwatzen anfing, sich dann mit schriller Stimme an unsere Väter wandte und dabei ihren Mündern recht nahe kam, viel zu nahe – unsere Mütter machten sich nicht mehr die Mühe, ihre Einladungen zu erwidern.

Alberta Maggiore sei krank, hieß es, sie habe Tuberkulose oder gar eine Geschlechtskrankheit, und unsere Mütter nickten, mit zusammengekniffenen Lippen und glasig blitzenden Augen. Nur wenn Albertas Sohn mal wieder an Hepatitis erkrankt war, wirkten sie schmerzlich berührt (»das schöne Kind, so lebensfroh!«). Es kam uns seltsam vor, wie sie auf einmal gesundheitliche Fragen erörterten und über körperliches Leid sprachen, gegen das sie selbst immun zu sein schienen, sie glichen lieblichen Blumen in Porzellanvasen, schwitzten nie und hatten auch nie Schnupfen, als wären sie aus sterilem Marmor gemeißelt. Dafür mussten sie sich manchmal nachmittags hinlegen, dann winkelten sie die Beine unter ihren Röcken an und stellten die Pumps in vollendeter Symmetrie dezent auf den Teppich am Fußende des Bettes. Sie neigten zur Erschöpfung, ihre statuenhaften Erscheinungen umwehte ein Hauch von Nervosität. Und wenngleich sie fast alle Zimmermädchen, Gouvernanten und Köchinnen angestellt hatten (richtige *Lebewesen* also, wofür wir sie liebten, auch wenn wir nicht auf die Idee kamen, es ihnen zu sagen), waren unsere Mütter doch stets damit beschäftigt, ihnen auf die Finger zu schauen, ein Kissen anders zu platzieren, zu kontrollieren, ob die Fenster auch blitzblank geputzt waren, denn ihr trautes Heim spiegelte die Reinheit ihrer Seele wider.

Was uns anging, so fühlten wir uns wie wilde Kreaturen in Rollkragenpullovern aus Polyester, vor allem wenn diese Schmerzen aus dem Unterleib aufstiegen, das Blut in unseren Skihosen pulsierte, die Hosen immer mehr anschwollen und wir im Badezimmer, wo unsere bestickten Handtücher prangten, mit verzerrten Gesichtern unseren Drang befriedigen mussten. Mit diesem Ungestüm, dieser Schande, über die wir nie sprachen, nicht einmal, wenn wir unter uns waren, mussten wir leben. In Crans-Montana waren die Schmerzen komischerweise immer am heftigsten, es war, als steigerten im Winter die Winde und der glitzernde, elektrisch geladene Schnee, im Sommer die unendlich weiten Wiesen, der feuchte Geruch der Natur und die eiskalten Bäche unser Verlangen, als weckte all dies das schlafende Tier in uns, dem sich, süß und bedrohlich, sofort das buschige Fell sträubte.

Wir haben nie erfahren, ob das Ausbleiben der Familie Maggiore Franco irgendwie getroffen hatte oder ob es ihm gar nicht aufgefallen war. Doch in dem Schuppen erzählte er uns später, wie die Familie im darauffolgenden Jahr 1967 – oder 1968? – wiederkam, seine Stimme war dabei etwas brüchiger als sonst (Patrick Saincère meinte danach, seine Hände hätten gezittert, »als würde er frieren«).

Beladen mit zwei schweren Einkaufstüten, ging Franco also in den Weihnachtsferien vorsichtig den verschneiten Fußweg der Grand-Rue entlang, als er auf Giovanni traf, der ein Mädchen mit langen, irrsinnig blonden Haaren am Arm hielt. Franco erinnerte sich, dass die beiden lachten und dass beide einen Pelzmantel trugen – seiner war dunkelbraun, ihrer hellgrau –, was ihnen das exzentrische Aussehen von Filmstars verlieh, die auf Promotour in Alaska waren und ihre Garderobe der Polarregion angepasst hatten. Giovanni drückte Franco mit seinem natürlichen Charme an seine Brust, als wäre nichts gewesen, als hätte man nicht schon die Füchse ums Chalet schleichen sehen.

Franco war nicht imstande, sich auf das Gespräch zu konzentrieren, Giovannis Worte drangen gar nicht bis zu ihm vor. Da stand dieses Mädchen mit dem hochgesteckten, langen blonden Haar, wie eine Wand des Lichts. Er hatte das Gefühl, als zöge man ihm den Boden unter den Füßen weg, als versuchte er, auf einem gefrorenen See bei bröckelndem Eis das Gleichgewicht zu halten.

»Erinnerst du dich noch an meine Schwester Claudia?«, fragte Giovanni, während besagte Schwester ihr Haar schüttelte – »dieses Haar! So etwas hatte ich im Leben noch nicht gesehen! Man hatte fast den Eindruck, dass es von innen leuchtete!« An der Stelle verzog Franco den Mund, als würde er die Szene noch einmal erleben, wie einen Super-8-Film auf einem aufgespannten Laken. Und das Gesicht von Serge Chubowska nahm schmerzvolle Züge an, wahrscheinlich, weil er derjenige war, der Franco am nächsten stand, und weil Gefühlswallungen jeglicher Art ein Unwohlsein in ihm hervorriefen.

Als Claudia begriff, dass Franco sie nicht wiedererkannte, lachte sie, und vielleicht spürte sie, wie sehr sie ihn verunsicherte (»Mein Gott, sie hat gelacht, es hat sie zum Lachen gebracht«, sagte Franco mit deutlichem Schweizer Akzent). Sie schaute ihn an, mit einem wohlerzogenen, flirtenden Blick von unten, sie hatte nichts, absolut nichts mit jenem traurigen Kind gemein, das er in

Erinnerung hatte, von den dunklen Rändern unter den schwarz geschminkten Augen einmal abgesehen. Es war wie in einem schlechten Film, bei dem man die Hauptdarstellerin ausgetauscht hatte, das Gespenst war zurück in seiner Höhle, und an seine Stelle war diese verblüffende und sicherlich verdorbene Schönheit getreten, die, von Nebelschwaden verweht, zerstreut im Wind trieb.

Es brachte uns ganz durcheinander, dass Franco so aus dem Konzept kam, dass sein Blick über uns hinwegglitt, sein T-Shirt von Schweiß getränkt, doch anscheinend erzeugte sein Körper gerade ein starkes Magnetfeld. Wahrscheinlich klopfte ihm Patrick Saincère auf die Schulter, und Daniel Vidal zündete sich vermutlich zwischen Daumen und Zeigefinger eine Zigarette an, weil er dachte, so sähe er gefährlicher aus. Serge Chubowska strich sich bestimmt das Hemd glatt oder lockerte seine Krawatte, als würde er keine Luft bekommen, und Roberto Alazraki schniefte, weil seine neue Nase zu klein war und nicht die notwendige Menge Sauerstoff transportierte. Niedergedrückt, wütend und bloßgestellt saßen wir in dem kalten Schuppen. Wir trösteten uns mit dem Gedanken, dass wenigstens der Proviant reichte, um ein paar weitere Katastrophen überleben zu können.

Was war mit ihr passiert? Was hatte sie gemacht in der Zeit, in der sie von der Bildfläche verschwunden war, in der wir überhaupt nicht bemerkt hatten, dass Zeit verging, in der unser Leben wie ein lecker Wasserhahn vor sich hin getröpfelt hatte?

Anscheinend hatte sie allerhand erlebt. Und es mussten *Dinge* vorgefallen sein, *schreckliche* Dinge, die ihre imposante Entwicklung beschleunigt hatten – die Beine, die Brüste, die Hüften, das Haar! Während wir uns hatten einlullen lassen und in eine unheilvolle Lethargie verfallen waren, hatte die Natur sich aufgemacht und diese sagenhafte, alles überstrahlende Weiblichkeit hervorgebracht, die die Welt mit einem feuchten Film überzog und auf die wir wie durch ein beschlagenes Aquarium blickten.

Und so begann die Ära der drei Cs.

6

Nach Francos Begegnung mit der neuen Claudia und ihrem ungeheuerlichem Haar, glitzernd wie Neonlicht in der Nacht, konnten die drei Cs jederzeit und überall auftauchen. Auf der Skipiste, auf der Straße, beim Schlittschuhlaufen. In der Crêperie, vor der Bäckerei, beim Bowling. Beim Schwimmen, im Golfclub, in der Disko, im *Quatre cents coups*. Immer waren sie zu dritt, und immer waren sie ungefähr gleich angezogen, das Outfit schien auf die jeweilige Unternehmung abgestimmt. All das wirkte streng geplant und doch ungezwungen und verdrehte uns vollends den Kopf.

Jede war auf ihre Art spektakulär. Claudia mit ihren blonden Haaren, den melancholischen, immerzu schwarz geschminkten Augen und ihren Mini-Shorts. Chris hatte braune Locken, ein goldiges Gesicht und eine Stupsnase, sie konnte mitreißende und aufreizende Lachkrämpfe bekommen, bei denen der Eindruck entstand, das Leben sei bloß ein Scherz. Charlie war durch nichts aus der Ruhe zu bringen, sie hatte kleine Brüste und langes schwarzes Haar – das längste, das wir je gesehen hatten –, und wenn sie sich in ihren Jungshosen in den Hüften wiegte, war es so, als hätte sich ein seidener Schleier über uns gelegt.

Sobald die drei auftauchten, wurde der Himmel stählern, brannte die Luft, reflektierte der Schnee ein gleißendes Licht. Alles erschien plötzlich so klar: die Linien am Horizont, die zugeschneiten Pässe, die fluoreszierenden Weiten. Die Elemente erwachten zum Leben, wie Fische nach dem Winterschlaf, und begruben uns unter sich.

Wir saßen im Sessellift, und auf einmal rauschten drei kleine schwarze oder graue Geschöpfe unter uns vorbei. Die Cs waren ziemlich schlechte Skifahrerinnen, sie bretterten im Pflug die Piste hinunter, die Stöcke lachend durch die Luft wirbelnd, wobei ihre Ungeschicklichkeit dem Tempo, das sie draufhatten, keinen Abbruch tat. Mindestens eine trug immer eine flauschige Tschapka – wie gern hätte man liebevoll darübergestrichen, sie war bestimmt weich wie der Bauch eines Kätzchens –, rote Lederhandschuhe oder einen gestreiften knallbunten Schal. Sie machten sich alle drei die gleichen Frisuren, Zöpfe, Pferdeschwanz oder offenes Haar, wie Schwestern oder Schulmädchen, und bewegten in den Kurven anmutig die Schultern – um uns zu quälen?

Im Frühling tummelten sie sich auf dem Golfplatz, Chris schlug die Bälle in alle erdenklichen Richtungen und hüpfte dazu aufgescheucht umher, Claudia und Charlie folgten ihr in karierten Hosen und grellen Poloshirts, den Trolley hinter sich herziehend. Charlie setzte eine verträumte Miene auf, Kopfhaltung und Frisur erinnerten an eine asiatische Prinzessin, indes Claudia auf dem

Grün unter wollüstigen Gesten Zigaretten rauchte. Ständig machten sie Pausen auf dem Parcours, anscheinend hatten sie sich die verrücktesten Dinge zu erzählen, und wir sahen von weitem, wie sie die Arme schwenkten.

Am meisten litten wir sicherlich in den Sommern. Wenn uns die Mädchen in Shorts, Wanderstiefeln und mit Rucksäcken bepackt auf den Wanderpfaden über den Weg liefen, Charlie sich ihre Gitarre umgehängt hatte und ihre Wangen rot glänzten wie Äpfel. Wir hassten diese Picknicks in den Bergen – vor allem Serge Chubowska, der sich weigerte, etwas anderes als Derby-Schuhe zu tragen, hasste sie –, aber früher oder später trieben unsere Väter, die sich aus diesem Anlass extra unschicklich kleideten, Bermudashorts und lange, über die unbehaarten Waden gezogene Strümpfe, uns doch hinauf. Sie glichen einer Schar alternder, kleiner Junggesellen, obwohl sie Gin tranken und unanständige Witze rissen, wenn sie irgendwann betrunken waren. Und wir hatten die Pflicht, darüber zu lachen, als handelte es sich um einen Initiationsritus, der uns zu Männern machte, und dachten dabei nur daran, dass die drei Cs jederzeit aufkreuzen konnten, dachten an ihre geschmeidige Haut, während die unsere lächerlich käsig war. Unsere Mütter aalten sich derweil auf den Liegestühlen der Bergterrassen, die Augen hinter riesigen Sonnenbrillen versteckt, wie an Deck eines Passagierschiffs, während wir niedergeschlagen hinter unseren Vätern hertrotteten und besorgte Blicke in die Ferne warfen.

Selbstverständlich trafen wir sie auch im Schwimmbad, Claudia bekam mit ihrer milchigen Haut sogar im Schatten leicht einen Sonnenbrand, ein Meer von Sommersprossen trat zutage, Charlie, die immer denselben Badeanzug mit afrikanischen Mustern trug, war an Armen und Schenkeln mit einem betörenden Flaum überzogen, während Chris sich mit auf den Beckenrand gestemmten Armen in einem schwarzen Einteiler mit Nackenträger aus dem Wasser zog, die Haare klatschnass, die Lippen scharlachrot. Mit einer Mischung aus Verachtung und Neid überbrachten uns unsere Schwestern die Nachricht, den wasserfesten Lippenstift habe sie eigens aus Kalifornien einfliegen lassen.

Wenn sie sich auf eine feuchte Wiese setzten, nahmen sie auf indischen Tüchern Platz – und selbst die waren sagenhaft, keiner von uns hatte je etwas Vergleichbares gesehen –, tranken Fanta aus der Flasche, mit dem Strohhalm, und ihre Körperformen zeichneten sich scharf gegen das Blau des Himmels ab. Charlie legte die große Gitarre, auf der zwei winzige Stoffdreiecke klebten und die auf ihrem Bauch irgendwie obszön wirkte, in den Schoß und spielte, Chris flanierte sehr langsam und leicht nach hinten geneigt über den Rasen und strich mit den Zehen sanft über die Grashalme, als hätte sie einen Marienkäfer oder ein vierblättriges Kleeblatt entdeckt, und Claudia rekelte sich träge auf einem Liegestuhl, spielte mit den Anhängern ihres langen Goldarmbands, einem Auge, einem Schädel oder einem Medaillon, in das *ti amo* eingraviert war, die Anhänger glitzerten, funkelten und blendeten in der Sonne, sodass wir die Augen schließen, den Blick abwenden und uns konzentrieren mussten, um die

Verbrennungen auf unserer Netzhaut zu ertragen und in unseren Badehosen die Würde zu wahren.

Natürlich kam es hie und da auch mal zu einem Kontakt. Die Mutigsten unter uns, etwa Patrick Saincère – unter dessen Badeslip sich ein erstaunlich kleiner Penis abzeichnete, was vielleicht der Grund war, weshalb er sich ständig prügelte – oder Daniel Vidal, der seinem »Ruf gerecht werden« wollte, wagten es, sich den Tüchern aus indischem Stoff, dieser in einem Pflanzenmeer treibenden Trauminsel anzunähern, sich hinzustellen, die Hände in die Hüften gestemmt, und das Wort an die drei Cs zu richten, sie um Feuer zu bitten oder sie zu fragen, »wie es läuft«. Von weitem beobachteten wir die Szene, zündeten uns eine Zigarette an und setzten hinter unseren Ray-Ban-Brillen eine unbeteiligte Miene auf, während zugleich unser Atem aussetzte, wir die Kiefer zusammenpressten, die Finger knacken ließen, mechanisch Grashalme auszupften und alles Mögliche taten, um diesen Moment durchzustehen, den Moment der Annäherung, der so langsam verging und nicht aufzuhören schien, bis wir uns auf die andere Seite drehten und damit den Schleier der Wirklichkeit – oder doch den des Traums? – zerrissen, jedenfalls bis wir diese Sphäre verließen, um in eine andere einzutreten.

Daniel fuhr sich durch die Haare, kämmte sie sich mit den Fingern nach hinten, Patrick ballte die Hände zur Faust, als würde er in den Kampf ziehen, so schritten sie auf sie zu. Dann hoben alle drei charmant lächelnd den Kopf, reckten die Hälse, kauten auf ihren Strohhalmen herum, klimperten halbnackt mit den Wimpern und hielten sich zum Schutz vor der Sonne die Hand vor die Augen.

Aber nie ist irgendetwas geschehen. Absolut nie.

Wenn Daniel oder Patrick sicheren Schrittes zurückkehrten und uns zuzwinkerten, hielten wir den Atem an, die Zeit stand still für einen Augenblick, als wollte sie nun erst einmal genüsslich ein Komma setzen. Unter den unendlichen Weiten des Himmels, den wir mit einem Gefühl des Dursts verbanden und der uns beizeiten wie ein Abgrund erschien, glaubten wir plötzlich, das Leben würde endlich beginnen. Und dann setzten Daniel oder Patrick sich im Schneidersitz auf den Boden, schoben die Sonnenbrillen hinauf und brachten einen wirren Bericht vor, der weder Hand noch Fuß hatte und dem keinerlei nennenswerte Information, geschweige denn ein Versprechen für die Zukunft zu entnehmen war – man hätte meinen können, die Augusthitze hätte ihnen auf den Kopf geschlagen, sie wären betrunken oder hätten auf andere Weise die Fassung verloren, womöglich durch einen Zauber, der ihnen den Geist vernebelt hatte. Max Mollanger behauptete, die drei Cs würden sich einen Dreck um uns scheren, und bebte dabei vor hämischer Freude in seinem T-Shirt, das er niemals auszog, nicht einmal zum Baden, weil er seine empfindliche Haut schützen wollte, und stampfte dazu in den Gucci-Badesandalen auf, die er zu seinem fünfzehnten Geburtstag geschenkt bekommen hatte und auf die er schrecklich stolz war, die ihm allerdings zu klein waren und in denen er daherkam wie ein verweichlichter Bademeister.

Chris nahm an diesen Nachmittagen immer ein Transistorradio mit ins Schwimmbad, und Claudia drehte lauter, wenn ein italienisches Lied kam, das uns dann wie eine verschlüsselte Botschaft, ein geheimer Ruf erschien, der in der Luft lag, während uns die Mädchen hinter ihren dunklen Brillengläsern vielleicht Blicke zuwarfen. Jahre später stand Roberto Alazraki eines Abends im Steakhaus plötzlich auf, legte seine Serviette auf den Tisch und stimmte mit seltsam zittriger Stimme und einem Glas Armagnac in der Hand »Non ho l'età« an, damals gesungen von Gigliola Cinquetti, einer Dunkelhaarigen mit Pferdeschwanz, die 1964 den Grand Prix Eurovision de la Chanson gewonnen hatte und Charlie ein wenig ähnlich sah. Auf der Jukebox im Golfclub hatten die Mädchen mehrmals hintereinander dieses Lied angewählt, und dann saßen sie auf ihrer Bank, Schulter an Schulter, wiegten den Kopf dazu und murmelten den Text vor sich hin.

Non ho l'età, non ho l'età per amarti,
Non ho l'età per uscire sola con te,
Se tu vorrai,
Se tu vorrai, aspettarmi.
Quel giorno avrai, tutto il mio amore per te,
Lascia che io viva un amore romantico,
Nell'attesa che venga quel giorno, ma ora no. *

Sie scherten sich einen Dreck um uns. Sie bildeten eine vollkommene Einheit, federnd wie eine Gummiblase, und es bestand keine Hoffnung, in sie einzudringen. Wenn wir sie abends im *Quatre cents coups* oder im Club

* Übersetzung siehe Anmerkungen am Ende des Bandes.

trafen, hatten sie eine weitere Verwandlung erfahren, ihre Garderobe war außergewöhnlich – Chris trug ein Paillettenkleid, Claudias Augen waren schwärzer denn je zuvor, sie sah aus wie eine blonde Cleopatra, und Charlie mutete mit ihren Männerhemden und dem kompliziert um den Kopf geschlungenen Haarknoten an wie eine Muräne. Sie blieben unter sich, und wenn von Zeit zu Zeit einer von uns zum Tresen ging, an dem sie lehnten, und sie auf einen Drink einlud, lächelten sie mit weit aufgerissenen Augen und fragten sich, was wir hier überhaupt zu suchen hatten; wir gaben Andreas, dem Barkeeper, der uns mit vor Geringschätzung bebender Oberlippe einen phlegmatischen Blick zuwarf, ein Zeichen und bestellten einen Campari Orange, doch als wir ihnen wieder den Kopf zuwandten, waren sie verschwunden oder bahnten sich händchenhaltend den Weg zur Tanzfläche.

Manchmal gab es allerdings auch positive Signale. Als Patrick Saincère an einem Februarabend – die Schneeflocken tanzten in der Nacht – den Golfclub verließ, nachdem er beim Boulespiel dreihundert Schweizer Franken verloren hatte, begegnete ihm Claudia mit zwei Italienern am Arm (Patrick glaubte, einer der beiden wäre Giovanni gewesen, doch aufgrund der Sichtbehinderung durch den Schnee, der Tatsache, dass Claudia ihm so unvermittelt erschienen war, sowie der unerklärlichen Panik, die ihn ergriff, konnte er es nicht beschwören). Als er den Kragen seines Mantels hochschlug, lächelte sie ihn an: »*Buona notte.*«

»Sie hat mich angeschaut, sie hat mir tief in die Augen

geschaut, mit so einem Blick, wisst ihr? Mit so einem Blick, den die Mädchen draufhaben, wenn sie einem was sagen wollen ...« Wir waren uns nicht sicher, ob wir wussten, welchen Blick er meinte, zogen es ohnehin vor, uns in dem Glauben zu wiegen, er habe sich das alles ausgedacht. Eifersüchtig stellten wir uns die Szene vor, die einer nordischen Feenwelt entsprungen zu sein schien, das Schneegestöber, die Dunkelheit, die die Begegnung wie ein Mantel umhüllte, schließlich Nótt, die Wikingergöttin der Nacht, die Patrick Saincère die Botschaft übermittelte, ausgerechnet ihm, der so gern in Bierdosen pinkelte.

Ein andermal hob Édouard de Montaigne einen Handschuh auf, der beim Eislaufen aus Charlies Anoraktasche gefallen war, einen gehäkelten lilafarbenen Fäustling, der so winzig war, dass er höchstens einem Kind passen konnte, und stakste dann auf der Gummiunterlage, die zu den Umkleiden führte, in Schlittschuhen unbeholfen hinter ihr her – Jahre später erinnerten wir uns noch an den ekelhaften Reifen- oder Tankstellengeruch dieser Gummimatte. Überrascht nahm Charlie den Handschuh, beäugte ihn, als hätte sie ihn nie gesehen, schob ihn ohne aufzublicken in die Tasche und sprach diese wahnsinnigen Worte: »Danke, Édouard.« Daraufhin drehte sie sich um und holte ihre Stiefel aus dem Spind. Édouard de Montaigne war der Romantischste von uns, erkannte in allem ein Zeichen, wahrscheinlich, weil er zu den praktischen Dingen des Lebens schlicht keinen Zugang hatte, und zeigte sich also davon überzeugt, dass dieser verlorene Handschuh einen Ausdruck der Verzweiflung barg, einen Hilferuf, und dass er eines Tages erneut ein Teil aufklauben würde, einen weiteren Handschuh, einen Labello, ein besticktes Taschentuch, und dass er diesmal ihren Namen sagen würde, und so würde sich alles von allein fügen wie bei der Ausrichtung der Sterne. Der Fall trat nie ein, doch immerhin lebte Édouard de Montaigne in Hoffnung und wartete.

Keine von ihnen hatte einen Freund. Sie schienen sich selbst zu genügen, waren beschwingt und unschuldig wie ein Amazonasvolk. Die Schwester von Charles Demaule, deren Namen wir ständig vergaßen – Caroline? Céline? Sandrine? –, erzählte zwar, als sie an einem Julinachmittag von ihrer Tennisstunde zurückgekommen sei, habe sie beobachtet, wie Chris auf dem Parkplatz des Hotels Chetzeron mit einem schon etwas angegrauten Playboy herumknutschte (»er griff ihr unter die Bluse und begrapschte sie«), doch wir wussten, sie log. Caroline, Céline oder Sandrine war eine verdrießlich dreinblickende Dunkelhaarige mit Hasenzähnen, deren einzige merkliche Freude darin bestand, die anderen Mädchen in Verruf zu bringen. Immer neue Gerüchte brachte sie in Umlauf, die sie mit immer neuen Details ausschmückte, setzte dazu eine siegessichere oder zerknirschte Miene auf und biss sich auf die schmalen Lippen. Eve Koutzevitch lasse sich vor dem Kino im Auto befummeln. Marina Koubi sei nach Lausanne gefahren und habe vorgegeben, eine amerikanische Cousine besuchen zu wollen, um in Wirklichkeit die Apothekerin Kunzt aufzusuchen – Madame Kunzt war für ihren Geschäftssinn und die Spiralen bekannt, die sie mit einem zerstreuten Lächeln, als würde sie gerade Hustenpastillen oder eine Signal-Zahnpasta verkaufen, in Papiertüten packte und an minderjährige Pariserinnen ausgab. Carole Cachin verkehre heimlich mit Moïse Bellahoui (die Familie Bellahoui hätte dieser Verbindung niemals zugestimmt, da Carole katholisch war) und sei für ein paar Tage in einer Klinik im Genfer Umland verschwunden, um eine Abtreibung vornehmen zu lassen – aber niemand hat je kapiert, wer diesen Eingriff finanziert haben sollte und wie die Affäre hätte geheim bleiben können, nachdem Carole, von der ja angeblich nicht nur die Unschuld, sondern auch die Farbe der Wangen abgefallen war, bleich und abgemagert zurückgekehrt sei, blutleer habe sie gewirkt, als hätte sie ihr Leben dort gelassen, in dem sterilen Raum, in dem Gebäude, das einem Atomschutzbunker glich.

Über die drei Cs hatte die Schwester von Charles Demaule – Cécile? Oder Sylvie? – selbstverständlich ein Dossier angelegt, das eine Reihe von Anekdoten und Analysen beinhaltete, die sie mit der Kälte einer Gerichtsmedizinerin vortrug, während sie ihre Haarspangen zurechtrückte. Chris habe nicht nur einen stark gebräunten älteren Herrn (»seine Haut hatte die Farbe von gebranntem Ton«) geküsst, sondern empfange bei Einbruch der Nacht auf dem Minigolfplatz von Montana auch ehrbare Familienväter. Man hätte meinen können, so etwas wie eine Amazone oder ausgehungerte Ghula locke reife Männer in eine Falle, Männer, die gar nichts dafür konnten, die fast widerwillig die breite Straße entlangspazierten, um Mädchen zu Hilfe zu eilen, die »Langeweile hatten«. Serge Chubowska machte dieses Gerede ganz verrückt, er notierte in seinem großen schwarzen Schreibheft, wann Chris kam und wohin sie ging, und konnte so den Beweis ihrer Unschuld erbringen (Chris war in diesem Jahr lediglich zweimal am Minigolfplatz anzutreffen gewesen, und zwar am 15. April zwischen 15 und 17 Uhr, zusammen mit ihren Brüdern, sowie am 23. April zwischen 16 und 18 Uhr 30, in Begleitung von Charlie und Claudia. Übrigens trug sie an dem Tag eine rote Hose, ein oranges Poloshirt und Zöpfe).

Abends im *Quatre cents coups* stieß er Beleidigungen gegen Charles' Schwester aus, drohte, ihr die mickrige Fresse einzuschlagen, die Wangen gerötet vom Alkohol und der Entrüstung, und wir spürten, er hätte es wohl getan, hätte sie durchgerüttelt, geohrfeigt und ihr die mageren Arme und das kränklich aussehende Hasengesicht zerkratzt, wenn sie das Pech gehabt hätte, in dem Augenblick aufzukreuzen. Doch Céline, Sandrine oder Caroline ging nie abends aus, man sah sie nur tagsüber in den Teestuben, wo sie umgeben war von einer Schar von Mädchen mit strohigen Haaren, oder bei *Souvenirs Souvenirs*, einem Geschäft in der Grand-Rue, wo sich durch die Schaufensterscheibe beobachten ließ, wie sie mit Porzellanfiguren hantierte, mit handbemalten Katzen, Hirschen und Hasen, zerbrechlich wie das Ansehen ihrer Opfer.

Es hieß auch, Charlie sei eigentlich eine Hure, trotz ihres scheinheiligen Getues. Sie würde sich davonstehlen, aus dem Fenster ihres Zimmers im ersten Stock klettern und über das Geländer steigen, um nur wenige Meter vom Chalet ihrer Eltern entfernt irgendwelche Kerle zu treffen, die in im Halbdunkel parkenden Autos, Scheinwerfer abgeblendet, bereits auf sie warteten. Wir waren verblüfft und bestürzt angesichts von so viel Dummheit und Boshaftigkeit. Charlie strahlte so eine absolute Eleganz und Souveränität aus, dass die Vorstellung, sie könnte sich auf der Rückbank eines Wagens, das himmlische Haar zerrauft, die Jeans heruntergezogen bis zu den Knien, einem Kerl hingeben, der keine Macht außer der seines Führerscheins besaß, absurd und vollkommen unerträglich erschien. Patrick Saincère war in jenem Jahr derart demoralisiert, dass er beim Jugendturnier des Tennisclubs von Crans-Montana gegen einen dicken Belgier in orangenen Shorts gleich in der ersten Runde in drei Sätzen verlor. *Patrick Saincère!* Der den besten Aufschlag seiner Altersklasse hatte, der die Bälle mit einer Härte und Präzision an die Grundlinie spielte, die seine lässigen Bewegungen kontrastierten, dessen Kampfgeist bewundert wurde von den Mädchen, die auf der Tribüne mitzitterten, wenn er bei einem Rückhandschlag aufstöhnte; *er* schlich nun verloren über den Platz, schwerfällig und verstört, und ergab sich stumm der Niederlage.

Allein Franco vermochte unsere Wut zu stillen. Die Klatschgeschichten drangen nicht bis zu seinem Inneren vor, sie prallten an ihm ab wie ein Regen im Spätsommer, wenn die Luxuskarossen wieder abfuhren und ganz vorsichtig in die gefährlich engen Serpentinen einbogen – über Sitten erinnerte eine graue, in den Felsen eingelassene Stele an das Pärchen, das hier 1961 in einem Sportcoupé tödlich verunglückt war. Frei von Melancholie betrachtete er die Wagenkolonne, ein Austin, ein Alfa Romeo, ein grauer Renault, ein schwarzer Mercedes, sie alle verschwanden im Morgennebel, während Franco an die Umsatzzahlen vom Sommer und an seinen Rechnungsabschluss dachte.

In der Saison durften wir manchmal in seinem Lieferwagen mitfahren, wo es nach Kunstleder stank und der Wind von allen Seiten hereinblies. Friedlich wie die Kinder saßen wir mit aufgestellten Lederkragen auf der vorderen Sitzbank und warteten, bis Franco sämtliche Familien – einschließlich unserer – versorgt hatte. Unser Dasein erschien so einfach in diesem Lieferwagen, wir waren glücklich, Franco schaltete mit der Routine eines richtigen Mannes von einem Gang in den anderen, und wir hatten das Gefühl, unseren Platz im Leben gefunden zu haben. Manchmal musste er uns mit ein paar Worten beruhigen, wir saßen reglos da und hielten den Atem an, als hätten wir eine geheime Anweisung erhalten, die kein einziges Mal wiederholt werden würde.

Chris interessierte sich nicht für Jungs, das hatte sie zu Franco beim Bowling gesagt, nachdem ihr Bruder Alain vor ihren Augen Anne-Sophie Utterly zurückgewiesen hatte – Tränenbäche rannen ihre Wangen hinunter, als sie sich mit schmerzverzerrtem Gesicht an ihn klammerte.

»Ich werde mich nie verlieben«, verkündete Chris, und Franco erinnerte sich, wie sie dabei den Mund verzog und wie verständnislos sie Anne-Sophies Kummer gegenüberstand. »Sie macht sich nichts aus Jungs. Also die Geschichte mit den Alten, die könnt ihr vergessen.« Was Charlie anging, so erklärte uns Franco, er würde sie manchmal nach Mitternacht mit dem Lieferwagen abholen, weil sie tanzen gehen wollte – bei diesen Worten kniff Serge Chubowska die Augen zusammen und starrte auf einen Punkt am Horizont, als hätte er ein Rotkehlchen, ein Eichhörnchen oder einen Lärchenzweig entdeckt. »Charlie wohnt in Bluche, das sind fünf Kilometer bis Crans, manchmal geht sie zu Fuß nach Hause, ich hab zu ihr gesagt, das sollte sie lieber bleiben lassen. Ich hab zu ihr gesagt, es gibt nämlich Wölfe.« Er lachte, zündete sich eine Gitane an, und der Rauch breitete sich aus, im Fahrzeug, in unseren Lungen und unseren Herzen.

Das einzig große Rätsel blieb Claudia.

Doch Franco lüftete das Geheimnis, als wir einmal im Morgengrauen aus dem *Quatre cents coups* kamen und am See entlangschwankten, seine Jacke war feucht vom Tau, und die Sonne schien auf die Wasseroberfläche, die sich spiegelte wie Glas. Wir hatten das Gefühl, einer staubigen Höhle entstiegen zu sein, als wir verschwitzt in schwarzem Leder den verrauchten Nachtclub verließen, das Dope im Hals kratzte, und auf einmal schlug uns die frische Morgenluft ins Gesicht, lag da der stille See, bebten die Binsen am Ufer, färbte sich der Himmel rosa und hielt uns die Nichtigkeit unseres Daseins vor Augen. Patrick Saincère, der stundenlang getanzt und skrupellos die Hintern der Mädchen betatscht hatte, setzte sich nun wie ein kleiner Junge ins Gras, und wir gesellten uns stumm zu ihm. Dann lüftete Franco das Geheimnis.

Tags zuvor habe er Giovanni mitgenommen in das Waldstück, das den Lac Moubra säumt, um dort halluzinogene Pilze zu sammeln, die auf den Weideflächen inmitten der Kuhfladen sowie an den Waldrändern wachsen würden, es handele sich um kleine weiße Pilze, die in Trauben an den Baumstümpfen klebten. Scheinbar versunken in die Betrachtung der Natur, zeigten wir keinerlei Regung, als wäre das eine ganz gewöhnliche Unterhaltung; von uns hatte keiner je von »halluzinogenen Pilzen« gehört. Im nächsten Sommer brachte Roberto Alazraki, der den wissenschaftlichen Zweig gewählt hatte, später nach Bologna ging und dort Kardiologe wurde, ein bedenklich anmutendes Buch mit dem Titel *Atlante delle piante allucinogene* mit, aber wir verstanden darin kein Wort. »Das Schlimmste, was es gibt«, wiederholte Roberto ein paarmal. »*Tutti moribondi.*«

Anscheinend herrschten ideale Bedingungen für die »Psilos«, der April war mild gewesen, danach gingen die Temperaturen in den Keller. Sie gediehen besonders gut bei Katastrophen und Kälteschocks, »die Pilze sind verfluchte Masochisten«, erklärte Roberto später. Doch sie waren nirgendwo zu finden, Franco und Giovanni folgten dem Wanderpfad und drangen immer tiefer in den Wald, auf einem Teppich aus Piniennadeln waren ihre Schritte kaum zu hören. Giovanni wurde ungeduldig und trank Gin (mit Verwunderung nahmen wir auf, dass er einen Hang zum Alkohol hatte und dazu neigte, schnell aufzugeben), während Franco, vom Waldgeruch leicht benommen, weiter voranschritt, er verbrachte ja die meiste Zeit im Lieferwagen oder im vom Neonlicht erhellten Schuppen. Schwer zu sagen, ob Franco die Geschichte tatsächlich in allen Einzelheiten so geschildert hat oder wir einige Details hinzuerfunden haben, doch Jahre später konnten wir noch immer das Moos riechen, und die Szene erschien mit erstaunlicher Deutlichkeit vor unseren Augen, das Bild – die wilden Himbeersträucher, die Flechten, die Waldreben, das Heidekraut – hatte sich in unser Gedächtnis eingebrannt, obwohl wir uns für die Welt der Pflanzen im Grunde nie interessiert hatten (im weiteren Leben überließen wir es den Blumenhändlern, die Sträuße zu arrangieren, die wir unseren Frauen zustellen ließen).

Franco konnte nicht sagen, wie lange er so marschierte und Giovanni hinter ihm hertrottete – vielleicht war es unsere Vorstellung, die die Szene in die Länge zog –, aber plötzlich hatten sie eine Erscheinung. Auf einem Erdhügel am Wegesrand stand Claudia in einem marineblauen Wollkleid mit Schulmädchenkragen und bewegte sich nicht. Den Blick in die Baumwipfel gerichtet, den linken Arm nach vorn gestreckt. Ihr offenes, auf die Schultern fallendes Haar wehte leicht, als würde ihr jemand in den Nacken pusten. Sie war so konzentriert, dass sie Franco und Giovanni gar nicht bemerkte, die wie versteinert stehen blieben, als hätten sie Claudia nackt in einer kompromittierenden oder noch schlimmeren Situation ertappt. »Das war sie, Giovannis Schwester!« Sie trug Lacksandalen mit Blockabsatz, vollkommen ungeeignet für einen Waldspaziergang.

In diesem Augenblick – oder erst einige Stunden später? – kam eine winzige Meise mit gelbem Bauch angeflogen, die um Claudias Gesicht herumflatterte und sich schließlich auf ihre Hand setzte. Der Vogel pickte nach etwas, das nach einer Brotkrume aussah, blieb eine Weile auf Claudias Fingerspitzen sitzen, bis seine Flügel erzitterten und er im Schatten der Tannen verschwand. Claudia griff in einen Lederbeutel, den sie um die Schultern trug – »einen Beutel aus Leder?« –, und das schien eine Art Signal zu sein, zwei, drei Meisen, Graumeisen, Blaumeisen schwirrten um sie herum und pickten nach ihrer linken Hand, die sie ausgestreckt hielt wie eine Statue, die den Sieg personifiziert.

Wir erfuhren nie, was anschließend geschah. Bemerkte Claudia die beiden Jungen? Brach sie in Gelächter aus? Oder löste sie sich, als die Jungen blinzelten, in Luft auf und ließ nur einen leichten Zitronenduft zurück?

Wie dem auch sei, es war jedenfalls klar – schwer zu sagen, warum, aber wir wussten es auch ohne Worte –, dass die drei nicht zusammenkamen, sie sprachen nicht miteinander, gingen nicht gemeinsam zurück, Franco und Giovanni trauten sich nicht, Claudia anzutippen, denn sie war für beide, selbst für ihren Bruder, in dem Moment unerreichbar, wie eine Postkartenschönheit in dekadentem Glanz.

Non ho l'età, non ho l'età per amarti,
Nell'attesa che venga quel giorno, ma ora no.
Ma ora no Ma ora no. *

7

Im Winter 1967 brach die Welt zusammen. Oder zumindest wurden wir von ihr ausgeschlossen und darauf zurückgeworfen, in einem verschwommen wabernden Nebel ein Schattendasein zu fristen.

Serge Chubowska konnte in dem Jahr fast überhaupt nicht mehr schlafen. Es begann alles zur Zeit des Sechstagekriegs, wir hatten uns die Nacht bei Ariel Kattan in der Avenue Foch um die Ohren geschlagen, in seinem über der elterlichen Wohnung gelegenen Dienstbotenzimmer, zusammen mit schlecht rasierten Studenten, die Geld für Israel sammelten. Von diesem Tag an hatte Serge eine ungesunde Gesichtsfarbe, und er behauptete, er könne sein Bett nicht mehr ertragen: »Ein Bett ist wie ein riesiger Schlund«, meinte er und fuhr sich durch die Haare, die er nicht mehr wusch, weil er die Energie oder den dazu notwendigen Frohsinn nicht mehr aufbrachte. Manchmal, aber nur spätnachts, wenn er getrunken hatte, sprach er von einem Jungen, der im Dunkeln neben seinem Bett stand und ihn ansah. Serge murmelte vor sich hin und warf misstrauische Blicke über unsere Köpfe hinweg. Wir konnten es nicht ausstehen, wenn wir solchen Schwachsinn zu hören bekamen, und zündeten uns eine Zigarette an oder betrachteten unsere Hände. Seine Anzüge waren so zerknittert, dass man dachte, er lege sich samt Kleidung schlafen, und das war umso schockierender, als Serge jedweden Geschmacksverfehlungen oder Anzeichen des Sich-gehen-Lassens stets schonungslos begegnet war, so wie im Sommer davor, als er sich geweigert hatte, mit Christian Grange essen zu gehen, weil der ein Unterhemd trug.

Es war auch das Jahr, in dem Max Mollanger anfing, zwanghaft über den Tod der Schauspielerin Françoise Dorléac zu reden. Daniel Vidal, der als Einziger Max' Einladungen folgte – anscheinend, um an dessen *Penthouse*-Hefte heranzukommen –, berichtete, Max habe ein Mausoleum in seinem Zimmer errichtet und allerlei Druckerzeugnisse zusammengetragen, eine Titelseite der Illustrierten *Paris Match*, ein Filmplakat von *Die süße Haut* (mit einem mit schwarzem Filzstift daraufgekritzelten Autogramm der Schauspielerin) sowie eine Reklame für den Renault 8 Gordini, den Lieblingswagen schöner Frauen, mit dem Françoise Dorléac an einer Autobahnabfahrt im Esterel-Gebirge gegen einen Leitungsmasten geprallt war (»Abfahrt Nummer 47«, stellte Max klar).

Es war das Jahr, in dem Patrick Saincère begann, radikale Ansichten zu vertreten, und sich einer faschistischen Gruppe anschloss, und auch wenn er betonte, diese Leute seien »totale Arschlöcher«, führte er stolz aus, welche Coups sie gegen die kommunistischen Brillenschlangen aus Nanterre ausheckten, und wir waren betrübt und beeindruckt zugleich. Es war das Jahr, in dem Daniella Alazraki, die Schwester von Roberto, anfing, ihre Eltern beim Vornamen zu nennen und zu duzen. Es war das Jahr, in dem Franco sich die Haare wachsen ließ und einen penisförmigen Korallenanhänger trug.

Es war das Jahr, in dem die drei Cs uns mitten ins Herz stachen.

Es begann damit, dass Chrystos Tollis – er war Grieche und machte Langlauf auf dem Golfplatz, wie ein alter Mann – eines Spätnachmittags in der Brasserie Gerber aufkreuzte. Er hatte weit aufgerissene Augen und keuchte: »Sylvain Gouzman und Nathalie Kurtner haben es auf der Tischtennisplatte von den Tbilissis getrieben.«

Wir saßen vor unseren heißen Schokoladen, die in Porzellantassen vor sich hin dampften, und spürten eine unterirdische Druckwelle, am liebsten hätten wir die Tassen gegen die Wand geschleudert oder am nächstbesten Kopf zertrümmert, zur Not auch am eigenen, denn wir wollten Blut sehen. Oder einfach nur irgendetwas tun.

Chrystos Tollis, seine glühenden Wangen, seine klaren Worte in der zuckergetränkten Luft der Brasserie – das schien eine verlässliche Quelle zu sein. Seine große Schwester Elettra – ein träger Geist, wir sahen sie oft in der Disko; gegen eine Wand gelehnt, formte sie den Mund zum O und blies Rauchringe in die Luft – sei nachts, Chrystos konnte nicht genau sagen, wie viel Uhr es war, nach Hause gekommen, zu ihm ins Bett gekrochen, wahrscheinlich war sie so erschüttert von den Ereignissen, und habe ihren warmen Körper, der nach Alkohol und etwas Undefinierbarem roch, Wurst oder Metall, an ihn gepresst. Lange, endlos lange Minuten habe sie ihm Sachen ins Ohr geflüstert, als wäre sein Ohr eine Muschel aus Perlmutt, ein ins Erdinnere führender Gang oder ein Gefäß, das geeignet war für ein überlaufendes Herz.

Charlie hatte also im Keller des Chalets ihrer Eltern eine Party gegeben. Die Menge drängte sich Chrystos zufolge – »die Menge?« – im sogenannten Carnotzet, jenen Schweizer Kellergewölben mit schweren Holztüren, durch die keinerlei Geräusche (Schreie? Gesänge? Orgasmen?) dringen und in denen man sich versammelt, um zu trinken und sich allen erdenklichen Ausschweifungen und dem zügellosen Treiben hinzugeben.

Chrystos stand in dieser Brasserie wie der menschgewordene Weltschmerz oder der leibhaftige Tod, richtete den Blick gen Himmel und erzählte die Geschichte, während unsere Schokoladen aussahen wie Teer. Man hätte glauben können, Elettras Körper sei auf seinen übergegangen, er erzählte mit singender, schleppender, flüsternder und doch messerscharfer Stimme. Er erzählte von blauen und roten Lampions, die den Raum gespenstisch erhellten, von Zigarettenrauch, der alles in Nebel hüllte, und von einem ausgestopften Fasan, der auf der Bar thronte und mit seinen schwarzen Augen die Gäste anstarrte. Von den Italienern, die mit Sonnenbrille tanzten. Es wurde auch geschwoft. Gläser gingen zu Bruch, die Mädchen lachten mit verwirrtem Blick, der Schweiß rann die Schläfen hinab, in den Ecken drückten sich Pärchen aneinander, Hände fassten unter Angorapullis.

Und auf der Tischtennisplatte in der Werkstatt waren Sylvain Gouzman und Nathalie Kurtner zugange.

Wir haben Chrystos' Worte nie in Frage gestellt. Er war ganz offenkundig nur ein Orakel, ein unschuldiger Gesandter Gottes.

Niemand hat diese Party je wieder erwähnt. Es kursierten keine Gerüchte, es gab keinerlei Gerede. Auch die Schwester von Charles Demaule wusste nichts davon. Serge Chubowska packte sie von hinten an der Schulter, als sie gerade das Schaufenster von *Souvenirs Souvenirs* betrachtete, in dem Rehe ausgestellt waren – Rehe aus Kristall, aus Porzellan, aus mundgeblasenem Glas, die auf einer Gummiwiese herumsprangen. Sie schreckte zusammen, und Serge stellte sie ohne Umschweife zur Rede, was sie nicht aus der Fassung zu bringen schien. Sie begnügte sich damit, die Stirn zu runzeln, und schüttelte dann ihren Rattenkopf: »Nein, da war keine Party bei den Tbilissis. Und niemand hat es auf der Tischtennisplatte gemacht. Das wüsste ich.« Dann setzte sie mit leerem Blick, wie eine in persönlichen Dossiers schnüffelnde Detektivin, hinzu: »Soviel ich weiß, treibt Nathalie Kurtner es nur mit ihrer Cousine Babeth.« Was Franco betraf, lächelte er uns nur abwesend an und zuckte die Achseln.

Und dennoch wussten wir Bescheid. Wir wussten, dass es in den Kellern eine Unterwelt voller Holzschnitzereien gab, in der Dinge vor sich gingen. Wir wussten auch, dass wir diese Keller niemals betreten würden. Wir sprachen nicht darüber, doch als wir später nostalgische Berichte – über den Mai 68, die Freiheit, den Traum von einer besseren Welt, Sex, *all den Mist* – hörten, spürten wir einen stechenden Schmerz im Nacken.

In Paris war die Luft elektrisch geladen, es rumorte wie in einer wilden Bestie, und wir besorgten es den Mädchen, die sich uns mit fliegenden Haaren an den Hals warfen – Édouard de Montaigne erlebte in der Nähe der Sorbonne, wie eine kleine Rothaarige in einem Minirock, der einen Blick auf ihren rosafarbenen Baumwollschlüpfer gewährte, zu ihm in den Austin hüpfte und sagte: »Fahr los, Schätzchen, sie sind hinter mir her.« Sie küsste ihn, als sie an einer roten Ampel zum Stehen kamen, was Édouard zu einem peinlichen erotischen Gedicht inspirierte, das er uns sturzbesoffen eines Abends vorlas, es handelte von einem Beifahrersitz, auf dem die Welt erschaffen wurde. An solchen Abenden standen wir am Fenster und rauchten, Édouard de Montaigne schaute zu, wie in der Rue Monsieur-le-Prince, wo er wohnte, Autos und Herzen in Flammen aufgingen, und ließ seinen Austin, den allerdings nie jemand anrührte, als ginge es darum, ihm und uns zu versichern, wie unbedeutend wir waren, nicht aus den Augen.

Selbst Patrick Saincère, der vor einem Café ein paar Schüler hatte verprügeln wollen und mit blutiger Fresse zurückkehrte, wirkte traurig und innerlich unaufgeräumt, als mangele es ihm an Überzeugung.

Im darauffolgenden Sommer 1969 sprach er überhaupt nicht mehr von der patriotischen Erneuerung, sondern fing in Crans an, Curling zu spielen, er schloss sich dem Team von Ariel Kattan an, das er beim Amateurturnier in Sitten zum Sieg führte; selbst Edgar Suarez, dem er im November in Paris noch die Nase gebrochen hatte, nachdem dieser ihn als »Scheißfaschisten« beschimpft hatte, hielt ihn wie einen Bruder lange in seinen Armen.

In Crans-Montana blieb alles gleich, das Dorf war geradezu unanständig unverändert, gleichgültig gegen die Stürme, die in der Welt draußen tobten. Man lebte im Rhythmus der Skitage, der Spaziergänge mit den Eltern und Geschwistern, der Spätnachmittage, an denen man im Golfclub auf der Terrasse saß, wo ein Pianist »In a sentimental mood« spielte, als wäre er allein auf der Welt. Doch es lag eine gewisse Spannung in der Luft. Wenn wir in unseren Luxuslimousinen die Schweizer Grenze passierten, klammerten sich unsere Mütter an ihre Handtaschen, und unsere Väter hatten einen feuchten Film auf den Lippen, ihre Stirn begann zu glänzen. Daniel Vidal erzählte, kaum im Chalet angekommen, habe sein Vater den Reservereifen aus dem Kofferraum gezogen und in den Abstellraum für die Skier gesperrt, während seine Mutter das ganze Gepäck schleppen musste und dabei bedenklich wankte in ihren Pumps. »Dieser Reifen war vollgestopft mit Geld«, meinte er im Ton eines reifen Mannes.

Am Telefon sprachen unsere Eltern im Flüsterton, unsere Mütter machten sich mit Reisetaschen bepackt auf zu Crédit Suisse. Sie waren flatterig, und auch wenn sie weiterhin ihre Schminke auftrugen, sich mit morbider Perfektion frisierten und Gäste zum Apéritif empfingen, verbrachten sie die Nachmittage doch immer häufiger auf ihren Zimmern, wo wir sie schlafend vorfanden, in Seidenstrümpfen und zusammengerollt wie ängstliche Kinder. Jahre später, so erzählte man, entdeckte Bianca Feroldi im Chalet ihrer Familie in Papier gewickelte Gemälde, die, rußbedeckt, sich hinten im Kamin befanden, sowie in einer Halsbonbonschachtel versteckte Saphire.

Wir machten uns lustig über die kommunistische Bedrohung, wir hatten mit anderen Dämonen zu kämpfen. In dem Winter schneite es tagelang fast ununterbrochen, und Crans-Montana glich einer unheimlich wirkenden Insel aus Schlagsahne. Die drei Cs waren allem Anschein nach verschwunden. Wir begegneten ihnen gar nicht mehr, man hätte meinen können, sie lebten nun unter der Erdoberfläche, in Kellergewölben, in denen alles Mögliche vor sich ging. Wenn wir uns einmal nach draußen wagten, in der Brasserie Gerber eine Schwarzwälder Kirschtorte holten oder bei Franco etwas zu trinken besorgten, bot sich uns ein unerträglicher Anblick, der Schnee wirbelte durch die Luft, ein dunkler, eisiger Sog. Wir hatten das Gefühl, als wäre es für immer Nacht. Es gab Lawinenkatastrophen, leichtsinnige Skifahrer verirrten sich im Nebel des Plaine-Morte-Gletschers – das Dröhnen von kreisenden Hubschraubern kündete stets Unheil an. Eine schwangere Frau fiel (oder stürzte sich?) in den unterirdischen See von St. Léonard. Wir froren ununterbrochen, als wären wir in feuchte Tücher gewickelt.

Schließlich aber kamen wir ihnen wieder auf die Spur. Man berichtete uns, sie haben zusammen mit einer Bagage von Italienern, mit denen sie unanständige Dinge trieben, im Chalet der Tbilissis Quartier bezogen. Wir konnten das nicht glauben – Claudia suchte den Kontakt zu Meisen, Chris war eine Prinzessin und Charlie so etwas wie ein verhinderter Junge, die drei Cs waren frei, aber zugleich rein und unschuldig. Und doch flüsterte uns eine innere Stimme zu: »Machen sie es vielleicht gerade auf der Tischtennisplatte? Während du dir die Zähne putzt oder ein Buch liest und wie ein kleines Kind im Bett liegst?«

Eines Abends hörte es plötzlich auf zu schneien, und wir brachen auf in die Nacht, in die Disko. Eiskristalle funkelten in den Bäumen und tropften von unseren Nasen, die Straße sah aus wie von Milchschaum bedeckt. Der Wald warf seine Schatten auf unseren Weg.

Wir hatten es gewusst. Wir hatten es doch gewusst.

Natürlich waren sie da. Lachend und rauchend, saßen sie alle drei am Tisch der Italiener (Claudia und Chris trugen mikroskopische Minikleider, die blonde Claudia ein schwarzes, die braunhaarige Chris ein weißes, Charlie hatte eine Jeans an).

Am Italienertisch.

Claudia nickte konzentriert, während ein Dunkelhaariger ihr etwas ins Ohr raunte. Chris hatte sich auf dem Schoß eines Kerls niedergelassen, der sich schon das Hemd aufgeknöpft hatte. Charlie saß, zwischen zwei Mailänder eingekeilt, sehr aufrecht, der Schönere der beiden hatte den Arm um ihre Schulter gelegt. Bereits von weitem konnte man ihre Aufregung spüren.

Wie versteinert blieben wir an der Garderobe stehen.

Dann warf Serge – oder vielleicht auch Patrick – mit einer schroffen, fingerschnalzenden Bewegung sich den Mantel über. Wir stürmten hinaus in die kalte Nacht. Es hatte wieder begonnen zu schneien, und das Wasser lief uns übers Gesicht, den Hals hinab, wie aus einer frischen Wunde triefendes Blut.

8

Schwer zu sagen, was danach passierte. Wir haben nie mehr darüber gesprochen. Es scheint, als hätten wir nie mehr über irgendetwas gesprochen.

Wie lange hielt dieser Zustand an?
Stunden?
Tage?
Jahre?

Vielleicht hält er noch immer an? Danach verbrachten wir Nacht um Nacht im BMW, Modell »Neue Klasse«, der den Eltern von Roberto Alazraki gehörte, im Schutz der Tannen gleich hinter dem Weg, der nach Bluche und zum Chalet der Tbilissis führte. Aus der Ferne sah es aus wie ein Tempel oder eine Kirche. Wir verharrten in stummer Nervosität, zu weit entfernt, um etwas erkennen zu können. An einem Fenster ging das Licht an. Serge Chubowska, der das Objekt von innen kannte, erteilte Auskunft, das sei das »Schlafzimmer der Eltern« oder die »Küche«, und manchmal erloschen alle Lichter, als ob nun irgendwelche Rituale stattfänden. Auf dem Kiesweg vor dem Haus standen dicht gedrängt wild durcheinander geparkte Wagen mit italienischen Kennzeichen.

Ab und zu stieg einer von uns abrupt aus, schlug die Tür zu und verschwand in der Dunkelheit. Wenige Minuten später, wir aßen derweil unseren Käse, kauten unsere Wurstbrote und reichten einen dem Vater entführten Flachmann herum, begrüßten wir den Aufklärer zurück an Bord. Sein Gesicht war bleich. Die Scheiben des Autos beschlugen sich. Nie gab es beruhigende Nachrichten zu vermelden, nie. Im Schlafzimmer des ersten Stocks brannte schwaches Licht. Im Erdgeschoss bewegten sich Schatten, man vernahm eine leise, dumpfe Musik, ein weibliches Lachen – oder war es ein Schluchzen? –, in einem Holzkasten über der Eingangstür baumelte eine Glühbirne, die einen gespenstischen Schein auf zwei Turteltauben aus Filz warf. Der Schnee tauchte alles in absolute Stille.

Eines Nachts, ein riesiger Mond erleuchtete wie eine Straßenlaterne das Chalet und die umliegende Gegend, stellten wir aus Vorsicht, oder weil wir eine plötzliche Eingebung hatten, den Wagen ein Stück weiter entfernt ab. Wir machten uns auf in die strahlend helle Nacht und begaben uns, ohne dass wir gewusst hätten, was wir dort eigentlich wollten, in den Wald. Vielleicht suchten wir Schutz in der Dunkelheit. Oder folgten wir einem mysteriösen Ruf?

Im Dickicht regten sich Gestalten, die so nah an uns vorüberhuschten, dass wir sie beinahe berühren konnten. Sie hatten Lampions bei sich und etwas, das Champagnerflaschen ähnlich sah. Lichtpunkte flackerten im Schatten der Bäume, blondes Haar blitzte auf, und in der

Ferne gaben Taschenlampen irgendwelche Signale, die einen Geheimcode darstellen mussten.

Wir sahen die Kerle, wir hörten, dass Italienisch gesprochen wurde, wir vernahmen Schreie, Flüstern, das Ganze glich einer Jagd oder einer Orgie, und wir verschanzten uns in den Büschen. Unsere Schenkel schmerzten, wir spürten das Grauen in unserer Brust steigen, doch wir bewegten uns nicht. Wir waren gut darin, uns zu verstecken, uns völlig ruhig zu verhalten, wir waren nur noch Schatten unserer selbst, doch unser Instinkt sagte uns, selbst wenn wir aufgestanden und auf sie zugerannt wären, wären wir doch unsichtbar geblieben für sie.

Daniel Vidal erlitt von einem zurückschnellenden Zweig einen Riss am linken Lid und bewahrte, als ihm das Blut ins Auge floss, stoische Ruhe. Indes schlichen zwei Gestalten durchs Gestrüpp, die Katzenlaute ausstießen. Serge Chubowska erkannte Charlie im gelben Overall und mit Katzenohren – »ich hätte sie berühren können, um ein Haar wäre sie mir auf den Fuß getreten«. Und immer wieder klagte er mit schmerzerfüllter Stimme: »Katzenohren ...«

In jener Nacht, die Spuren hinterließ, an Haut und Herz, in der wir mittendrin und nicht dabei waren, stieg im Schatten der Bäume eine dunkle, unzähmbare Vitalität in uns auf, wir verspürten den Drang, uns zu rächen und die drei Cs von nun an zu tyrannisieren.

Es lässt sich heute nicht mehr genau sagen, wer von uns auf die Idee kam. Patrick Saincère, der sich sehr für die Markovič-Affäre interessierte sowie überhaupt für alles, was mit Erpressung und Orgien zu tun hatte? Serge Chubowska, der dieses große schwarze Notizheft besaß – all die Seiten, die er mit seiner klitzekleinen Schrift gefüllt hatte und denen nun etwas Lächerliches anhaftete? Édouard de Montaigne, der eine Schwäche für giftige Leidenschaften hatte und seinen Klassenkameradinnen Zeichnungen mit anatomischen Darstellungen in die Schulhefte schob? Wie auch immer, wir kamen alle zu derselben Überzeugung: dass wir eine längst überfällige Entscheidung zu treffen hatten.

Im Dezember 1969 begannen wir, den drei Cs zu schreiben. Ihnen Briefe zu schreiben.

Wir schnitten aus *Le Monde*, dem *Corriere della Sera* oder dem *Journal de Sierre* Buchstaben aus, manchmal auch ganze Wörter. An langen Abenden, an denen wir Bier trinkend auf dem Zimmer von Patrick Saincère im Hôtel Beauregard saßen, klebten wir sie aneinander. Es handelte sich um einen religiösen Akt, vielleicht auch einen Liebesakt, vor allem war es schrecklich beruhigend, mit diesen winzigen Nagelscheren, diesen Mädchenscheren, auf Klebstoffwolken zu schweben und auf weißem Papier Sätze zu bilden.

Es waren schöne Briefe, surrealistische Collagen, die Drohungen kamen recht unschuldig daher.

Ti vedo Ti vedo Ti vedo.
Tu morirai sapendo che è tutta colpa tua.
Ti amo stronza. Lo pagherai. *

Für die Übersetzung ins Italienische war Roberto Alazraki zuständig, ein raffinierter Zug von uns, die Texte nicht auf Französisch zu verfassen, als könnte das Böse nur dem Italienischen entspringen, der Sprache dieser arroganten Dummköpfe, mit denen die drei Cs nun verkehrten, die sie sanft berührten und deren ordinäres Lachen in dem Wald, aus dem wir nicht vollständig zurückgekehrt waren, uns noch immer in den Ohren dröhnte. Wir falteten die Briefe zweimal und steckten sie in Umschläge, ganz gewöhnliche Umschläge, die wir im Supermarkt kauften und die kein besonderes Merkmal aufwiesen, damit die Polizei nicht herausfinden konnte, woher sie stammten. Auf dem Umschlag stand – in ausgeschnittenen und aneinandergeklebten Großbuchstaben – der Name der jeweiligen Empfängerin, wie auf der Einladungskarte zu einer Party.

Dann stiegen wir in den BMW, allerdings nie vor zwei Uhr morgens, und rauschten, die Finger in Lammfellhandschuhen zusammengekrampft, durch die Nacht. Wir parkten den Wagen in immer größerer Entfernung zum Haus. Einer zog los und legte unser stolzes Werk auf der Fußmatte des Chalets, direkt bei den Turteltauben, ab.

Wir waren wie im Rausch, es war nahezu eine Befreiung. Wir kamen uns wie Terroristen vor und konnten uns nichts Aufregenderes mehr vorstellen, als die Abende darauf zu verwenden, Briefe zu basteln, Opfergaben zu erbringen, denen wir zuweilen eine Feder oder ein Steinchen beilegten, einmal – das war das Gruseligste –, auch eine winzige, vertrocknete Fledermaus, die Daniel Vidal in einem Schrank im Skischuppen gefunden hatte.

Wir gingen nicht mehr aus dem Haus. Unser Leben spielte sich im Kopf ab, in Gedanken waren wir in dem Chalet in Bluche. Wir malten uns aus, wie sie unsere Briefe in die Nachttischschublade, die Handtasche oder hinten in die Jeans steckten, wo sie sich an ihre prallen Rundungen schmiegen durften, oder wie sie sich die Briefe vielleicht sogar in den BH schoben, wo sie nah an ihrem Busen lagen. Wir konnten überall sein, unser Geist schwebte über ihnen wie ein Schwarm Glühwürmchen oder eine Schar erschrockener Elfen.

Einige Wochen lang waren wir voller Freude und Hoffnung, fast kam es uns so vor, als würden wir jetzt mit den drei Cs gehen. Erregt stellten wir uns vor, wie ihre Hände den Umschlag betasteten, wie sie unsere Worte in Augenschein nahmen, diese vergifteten Worte, die ein einzigartiges Band zwischen ihnen und uns schufen. Wir hatten ein Geheimnis. Es war dunkel und schön, manchmal saßen wir bis zum Morgengrauen im Auto und lachten und tranken, und als die Sonne aufging, entdeckten wir frische Tierspuren im Schnee: Wir waren nun ein Teil der Wildnis, die Geschöpfe der Nacht schlichen um uns herum, machten Jagd aufeinander und paarten sich. Nie zuvor waren wir so von Leben erfüllt gewesen.

Doch da uns weder Frohsinn noch Seelenfrieden beschieden war, liefen die Dinge bald aus dem Ruder, die Natur ist nun einmal ungerecht, alles dem Untergang geweiht. Als Roberto und Serge am Tennisclub vorbeikamen, sahen sie Chris und Charlie, deren Umrisse sich strahlend von dem grünen Kunststoffbelag abzeichneten.

Charlie trug ein weißes Poloshirt und weiße Shorts, bei jedem Schlag wippte der hohe Pferdeschwanz und peitschte ihren Nacken. Chris war viel zu stark geschminkt und hatte ein ebenfalls weißes, kurzes Frotteekleidchen an. Sie bemerkten die beiden Jungen gar nicht, die sie durch die Glasscheibe hindurch anstarrten, hatten wohl nichts Wichtigeres im Sinn, als Bälle hin und her zu schlagen, anscheinend konnten sie sich so überflüssige Hobbys leisten.

Am selben Tag betrat Max Mollanger zufällig, wobei das letztlich kein Zufall sein konnte, den Tante-Emma-Laden, in dem Claudia gerade an der Theke stand, weit vornübergebeugt. »Man hätte meinen können, sie würde jeden Moment auf den Tisch steigen.« Sie lachte, das heißt, sie gluckste vielmehr und sah Franco mit einem Gesichtsausdruck an, den man von ihr überhaupt nicht kannte. »Diese Augen! Diese Augen! Es war, als könnten ihre Augen sprechen, als würden diese Augen zu ihm sagen: ›Na los, nimm mich, jetzt sofort, nachmittags um drei.‹«

Hatte Franco Rossetti uns verraten? (In den darauffolgenden Tagen wurde sein Lieferwagen vor dem Chalet der Tbilissis gesichtet, ein handfester Beweis dafür, dass er sich im Inneren des Hauses aufhielt.) Waren das die Bilder, die uns des Nachts heimsuchten, wenn wir unter unseren Decken lagen, die kalt wie Leichentücher waren? Bilder von Claudia, die sich mit halb geschlossenen Augen auf der Tischtennisplatte rekelte? Oder die der Tennispartie? Denn von uns wäre zu dem Zeitpunkt keiner imstande gewesen, eine Partie Tennis zu spielen. Keiner.

In den Februarferien fingen wir jedenfalls an zu überlegen, ob wir sie vielleicht anrufen sollten. So klingelte bei den Maggiores das Telefon, und eine gedämpfte Stimme sprach in den Hörer. Alberta Maggiore erzählte Franco davon, sie war in eine gruselige Fuchsstola gehüllt, der Kopf des auf ihren Schultern ruhenden Tieres schien einen geradezu anzustarren. Signora Maggiore wirkte nervös, sie hatte Tränensäcke unter den Augen, aber diese ungeahnte Verwundbarkeit machte sie nur noch erotischer. Sie glich einer großen, verwirrten Heldin aus einem Film noir, mit Lippenstift auf den Zähnen, diesen prachtvollen Zähnen, die wie dazu geschaffen schienen, in saftiges Fleisch zu beißen. Roberto Alazraki schilderte, wie sie auf der Straße in Tränen ausgebrochen war, nachdem seine Mutter lediglich »Guten Tag, Alberta« zu ihr gesagt hatte. Es hieß, die gedämpfte Stimme am Telefon begnüge sich nicht damit, undeutliche Laute von sich zu geben, sie würde auch schreckliche Beleidigungen ausstoßen: »Nazi-Schlampe«, »Hure«, und sogar: »Deine Tochter, diese Nutte, die treibt's mit jedem.«

Einmal sah Anna Saincère Giovanni Maggiore nachts vor der Eissporthalle an sich vorbeirauschen, der dreckige Schneematsch, den sein Maserati aufspritzte, landete auf ihrem Mantel. Man traf ihn nun immer öfter an, bleich und betrunken irrte er vor der Disko herum, nachmittags begegnete man ihm häufiger im Golfclub.

Im darauffolgenden Sommer, es war der Sommer 1970, blieben am Chalet der Maggiores die Fensterläden geschlossen. Die Wände hatten großflächige rote Flecke, als hätte sich jemand eilig bemüht, Farbschmierereien oder Blutspuren zu beseitigen.

Niemand kam mehr bei den Tbilissis zu Besuch.

Die drei Cs waren verschwunden.

Schließlich erzählte uns Franco, Claudia sei schwanger. Sie sei mit einem verheirateten Italiener durchgebrannt, der sie, als er von ihrer Schwangerschaft erfuhr, sitzen lassen habe, um zu seiner Frau zurückzukehren, die ebenfalls schwanger sei. Vollkommen emotionslos berichtete Franco uns davon, während er den Lieferwagen steuerte und auf die Straße starrte. Wir saßen da wie gelähmt, ein stechender Schweißgeruch breitete sich aus.

Den Rest des Sommers lag eine Art Schleier vor unseren Augen. Wir haben keine Erinnerungen daran. Bis auf jene Nacht, in der Serge Chubowska, der wie fast immer nicht schlafen konnte, das Fenster offen gelassen hatte und etwas zu spüren glaubte, einen Lufthauch, einen Schatten, der sich rasend schnell fortbewegte. Serge richtete sich in seinem Bett auf, kniff die Augen zusammen und sah, dass da eine Fledermaus in seinem Zimmer kreiste, wie eine Botin der Hölle, die unsere Sünden anprangerte.

CHARLOTTE

Zwei Röcke und drei Pullover. Charlotte Tbilissi hatte den Eindruck, man könnte ihre ganze Jugend auf einem Bett ausbreiten.

Ein Schottenrock – allerdings weder in der richtigen Farbe noch mit den richtigen Falten – und ein Faltenrock in Flaschengrün – alle anderen hatten einen in Rot –, die Pullis, die gleichen Shetlandpullis, die auch ihre Brüder hatten, waren bordeauxrot, dunkelgrau und marineblau und kratzten. Alle Sachen waren zu groß. Die Röcke rutschten, die Pullover schlabberten, während die Pullover ihrer Freundinnen nicht schlabberten, also die Pullover der Mädchen aus der Avenue Foch, mit denen sie verkehren musste. Die Avenue Foch, so schien ihr, war bevölkert von blassen Schönheiten, die sich mit einem Schildpattkamm frisierten und geschmeidige, weiche, enganliegende Poloshirts trugen.

Charlotte war sich der eigenen Unzulänglichkeit bewusst, schlimmer noch, ihr war klar, dass sie ein komisches Mädchen war. Als sie größer wurde, hatte sie immer das Gefühl, dass sie anders war als andere, aber indem sie sich die Hosen ihrer Brüder und die Hemden von Pier Paolo Gomasio (die man zwischen den Beinen zuknöpfte, was ziemlich verwirrend war) schnappte, gelang es ihr, ihren eigenen Stil zu kreieren, den man als »originell« bezeichnen konnte.

Aber die Dinge passten nie so recht zusammen: die Klamotten, die Schuhe – weiße, orthopädische Schnürschuhe, »mein Gott, warum mussten sie auch noch weiß sein?« –, die eindeutig zu langen Haare, die ihre Mutter – die behauptete, sie sehen großartig aus – jedoch nicht schneiden lassen wollte, die nicht vorhandenen Brüste, die Nase, das Kinn.

Die Mutter vertrat die Ansicht, Charlotte habe ein fliehendes Kinn. Sie blickte ihre Tochter an und war jederzeit in der Lage, in vorwurfsvollem Ton auszurufen: »Nun schau doch mal wie Grace Kelly!«

Grace Kelly war das Idol von Salomé Tbilissi, der Inbegriff anatomischer Perfektion, sie verkörperte Haltung, Eleganz – und ein wohlgeformtes Kinn. Charlotte musste andauernd den Unterkiefer nach vorne schieben, als könnte die unendliche Wiederholung dieser Übung irgendwann die Stellung der Knochen korrigieren. In dem sinnlosen Kampf lag etwas Anmaßendes, ein irrer Starrsinn, der an Menschen erinnerte, die Flussläufe umleiten und Eisenbahnschienen im Dschungel verlegen wollen. Charlotte bemühte ihre Kiefermuskulatur, drückte den Unterkiefer nach vorne, sodass es vom Hals bis hinter die Ohren zog, und verharrte so lange in dieser Position, bis ihre Mutter sich anderen Beschäftigungen zuwandte. Welchen Beschäftigungen? Charlotte kapierte nie so ganz, warum die Mutter immer so angespannt und kurz vorm Durchdrehen war. Nicht einen einzigen Tag ihres Lebens hatte sie irgendetwas gearbeitet. Salomé Tbilissi hatte zwei Angestellte, eine Köchin und eine Gouvernante, die die Dienstbotenzimmer unter dem Dach bewohnten, aber sie befand sich stets in großer Aufregung, als wäre der Tag nicht lang genug.

Schließlich kam man überein, dass Charlotte mit achtzehn am Kinn operiert werden sollte. Professor Solignac war plastischer Chirurg und zugleich der Patensohn von Charlottes Vater, er hatte siamesische Zwillinge getrennt, weshalb sein Ruf bis nach Amerika reichte. Mit seinen nach Chlor riechenden Händen tastete er Charlotte ab, steckte ihr den Finger in den Mund und verkündete: »Ich werde dir da eine Prothese einsetzen, das ist bloß eine kleine Schraube, nichts weiter.«

Als Charlotte sich einmal mit der Nagelschere den Pony schnitt, ließ die Mutter sich zu der verwegenen Geste hinreißen, den Braten zu Boden zu werfen. Der prachtvolle Teppich im Speisezimmer mit seinen grünen und lila Pfauen auf nachtblauem Hintergrund trug einen dunklen Schatten davon, der einem Matschfleck glich.

Salomé Tbilissi war etwas zu groß, einen Meter fünfundsiebzig. Wenn sie mit ansehen musste, wie Charlotte sich über ein Schälchen Pistazien hermachte, geriet sie in Panik:

»Hör auf, hör endlich auf. Hör auf zu wachsen.«

Charlotte durfte kein rotes Fleisch essen und, was viel schlimmer war, keine homöopathischen Mittel einnehmen. »Die fördern das Knochenwachstum, auch bei Erwachsenen.«

Wenn Salomé Tbilissi Gäste empfing, die Tabletts mit den Blinis symmetrisch auf dem kleinen Tisch im Salon angeordnet waren, das Twinset wie angegossen auf ihrer flachen Brust (der Phantombusen war so eine Art Familienfluch) lag, schickte sie ihre Tochter aufs Zimmer: »Zieh dir doch mal den Lippenstift nach.«

Charlotte schob die Ziehharmonikatür zur Seite und ließ sich aufs Bett fallen, inmitten ihrer mit exotischen Blumen bestickten Kissen. Gegen die Wand gelehnt, blieb sie eine Weile dort sitzen, spannte die Beinmuskulatur unter dem Schottenrock an und zückte dann mit einem Gefühl der Niederlage den Lippenstift: Wie sollte sie mit ihrem »speziellen« Gesicht, dem Haar, das dick wie Otterfell war, den dunklen, glasigen, »unehrlichen« Augen all den raffinierten Blondinen das Wasser reichen können?

Sie hätte am liebsten ihr ganzes Leben auf diesem Bett verbracht.

An jenem Abend hielt Charlotte zwischen ihren Fingern mit rot lackierten, wie mit Blut betupften Nägeln einen Brief. Durch die papierdünne Wand drang schrilles Gelächter aus dem Empfangszimmer. In ihrem abgeschnittenen Mausoleum tanzte Staub in der Luft.

Ihr war, als gingen von diesem Brief Strahlen der Verzweiflung aus, als dränge der Hauch einer Klage an ihr Ohr. Der Brief zitterte, sein Herz bebte. Er war in diesem Zimmer wohl das Einzige, was die Bezeichnung Lebewesen verdiente. Selbst der Hamster, der fieberhaft in seiner Streu scharrte, blickte morbid drein. Der über dem Bett befestigte Käfig glich einem hängenden Sarg.

Es war der Frühling 1971, Charlotte war neunzehn. Sie hatte den Brief ungefähr zehnmal gelesen. Der zerknitterte Umschlag war an »Mademoiselle Charlotte Tbilissi, 27 Rue de Miromesnil, 75017 Paris, Francia« adressiert. Auf der Briefmarke war ein röhrender Hirsch – ein Ausdruck des Kummers? – vor einer verschneiten Berglandschaft abgebildet, darüber stand »Parchi Nazionali«.

Charlotte hatte die zwei dünnen Blätter vorsichtig herausgenommen, hauchdünn wie Zigarettenpapier, beidseitig in einer zierlichen Schrägschrift beschrieben, die einen Drang nach Flucht in sich bargen. Fasste sie ein Blatt an, hatte sie das Gefühl, einen Schmetterling in Händen zu halten, unter den Fingerkuppen konnte sie den Verlauf der Nervenbahnen förmlich spüren. Es war nicht das erste Mal, dass sie Post von Claudia bekam, aber dieser Brief war anders als die vorherigen. Ungeschminkt, wenn auch konfus, berichtete sie von all ihren Nöten, und dies war umso erstaunlicher, als sich Charlie, Chris und Claudia, seitdem sie sich im Dezember 1963 beim Skikurs in der Schweiz, auf den Anfängerpisten von Crans-sur-Sierre, kennengelernt hatten, in all den Jahren nie irgendwelche persönlichen Dinge anvertraut hatten. Sie waren damals dreizehn gewesen, sie waren schüchtern, sie lachten gern und liebten das Skifahren, auch wenn sie keine besonderen Asse darin waren, vor allem Claudia stellte sich recht ungeschickt an, obwohl sie zugleich die Eleganteste war. Charlotte erinnerte sich, Claudias modisches Outfit – die zartrosa, mit etlichen Pailletten besetzten Ensembles – war ihr sofort aufgefallen, und sie fand es sagenhaft, von der Frisur – langer Pony zu Pagenschnitt – einmal abgesehen. Sie hatte das Gefühl, in Claudia eine Verbündete gefunden zu haben, die vom gleichen Schlag war wie sie. Claudia hatte, im Gegensatz zu Chris, die unentwegt lächelte, als stünde sie auf der Bühne eines Varietétheaters, ebenfalls mit Komplexen zu kämpfen. Sie wurde terrorisiert von ihrer Mutter, einer makellos schönen Blondine im Pelzmantel, frostig wie ein Kühlelement, die von weitem aussah wie ein Grizzlybär, der sich auf die Hinterbeine gestellt hatte.

Charlotte lebte im Glauben, nicht ganz normal zu sein, und während der Aufenthalte in Crans verfestigte sich dieser Eindruck. Sie erinnerte sich noch lebhaft an den Tag, an dem sie mit ihrem Vater, der sich eine Mütze mit dem Schriftzug *Les Herbes Folles* aufgesetzt hatte, Camille und Elisabeth Ackermann abgeholt hatte. Ohne ihr Gespräch zu unterbrechen, nahmen die Mädchen auf der Rückbank der Limousine Platz und schüttelten ihr feines Haar, wobei sie den Mann in Uniform wohl für den Chauffeur des Hauses hielten. Charlotte tat so, als bemerkte sie diese Unverfrorenheit nicht. Aber sie lud in dem Winter niemanden mehr zum Spielen ein.

Im Sommer 1961 hatte sie in der Kirche von Montana, die beinahe überquoll vor Gästen aus Paris, die allesamt im Hôtel Royal abgestiegen waren, der Erstkommunion von Camille und Elisabeth beigewohnt. Strahlend vor Stolz lächelten die Mädchen in ihren Kleidern. Vor dem Altar schienen sie auf einem Milchteppich zu knien. Sie bekamen Bücher, Stifte und goldene Medaillons geschenkt. In der Woche darauf sah Charlotte im Schweizer Fernsehen einen Priester, der frenetisch ausrief, der Herr werde nur diejenigen erlösen, die den Mont Blanc bestiegen haben. Sie fühlte sich ausgeschlossen, fühlte einen stechenden Schmerz in der Brust, zugleich hatte sie das Bild einer Prozession vor Augen, weiß gekleidete Männer führten kleine Mädchen in makellos reinen Kleidchen an der Hand, sie stiegen den Gletscher hinauf und zogen, von Schneeflocken umweht, ins Paradies ein.

Kurz vor Weihnachten ließ sich Charlotte im Hôtel Mirabeau von Camille und Elisabeth taufen. Sie beträufelten ihre Stirn mit Mineralwasser und streuten ihr eine Prise Salz auf die Zunge, die aus einem aus dem Steakhaus entwendeten Porzellanhund rieselte. Charlotte begann, jeden Abend mit gefalteten Händen zu beten, doch sie wurde nicht erhört. Jesus wollte nichts von ihr wissen. Schließlich banden die Ackermann-Schwestern ihrer Mutter auf die Nase, was sie getan hatten, und der Skandal trat zutage. »Wie können denn zwei junge deutsche Mädchen eine Jüdin taufen?«, rief sie aus, und brach dann auf zu Boria Tbilissi, um ihn um Verzeihung zu bitten. Der begnügte sich damit, ihr ein Glas Cognac einzuschenken.

Claudia kannte das Leid der Einsamkeit, Charlotte erkannte es an ihrem Blick, über dem ein Schleier lag, als wäre sie den Tränen nahe. Sie schien nicht glücklich zu sein im Pensionat Montalivet in Lausanne, das sie besuchte, seit sie sieben war, auch wenn sie nie darüber sprach.

Pauline Raynaud, die auf dieselbe Schule ging, jedoch jeden Abend von ihren Eltern abgeholt wurde, erzählte Charlotte, dass Claudia eigentlich immer allein war und dass man sie beschuldigt hatte, Mélanie Duval-Fleury, deren Eltern die Turnhalle finanziert hatten, einen bordeauxroten Montblanc-Füller geklaut zu haben. Claudia hatte Mélanie den Füller gezeigt, den sie einige Wochen zuvor zum Geburtstag geschenkt bekommen hatte. Bis zu den Sommerferien musste sie daraufhin auf einem Podest im Speisesaal laut Bibelpassagen vortragen. Offenbar versuchte sie gar nicht, ihre Eltern einzuschalten oder ihre Unschuld zu beweisen.

Claudia hatte das Leid Christi erfahren. Dafür würde Charlotte sie immer lieben.

»Cara Charlie«, schrieb Claudia in ihrem Brief, der auf den »24 marzo 1971« datiert war und der doch eher einem Selbstbekenntnis glich. Zwischen anderen unglaublichen Zeilen stand da: »Ich bin tot seit dem Tag, an dem er mich verlassen hat.«

Zum letzten Mal hatte sie Claudia Ende Juli 1970 gesehen. Sie hatte sich mit ihrem klobigen, mit Sandalen und Trägertops gefüllten Koffer den Kiesweg vor den *Herbes Folles* entlanggeschleppt und zögerlich gewinkt. Sie wollte zu Giovanni und ihren Eltern nach Forte dei Marmi. Mit ihrer Sonnenbrille, in deren Gläsern sich das gleißende Licht der Berge widerspiegelte, und dem offenen, beinahe weißen Haar wirkte sie unsterblich. Acht Monate später würde sie den Brief einer Verdammten schreiben. Unsterblich verliebt, verlassen und schwanger.

Mehrmals täglich las Charlotte den Brief. Er geisterte ihr durch den Kopf wie ein heimlicher Gedanke, den sie jederzeit aufrufen konnte, meistens während des Abendessens, bei dem sie die Familienkonversation abspulen und dabei das Gefühl haben konnte, durch den Raum zu schweben.

In Forte dei Marmi lernte Claudia den Mailänder Literaturstudenten Lupo Ponti kennen. Sie wussten nicht einmal, wohin die Reise ging, als sie sich in einem Fiat 500 aus dem Staub machten, aber Claudia war in ihrem Leben noch nie so glücklich gewesen. Doch dann blieb ihre Regel aus. Und einige Wochen später stieg Lupo Ponti wieder in seinen Fiat und kehrte von seinem Liebesabenteuer zu seiner Frau und seiner einjährigen Tochter zurück.

Claudia ließ nichts über ihren Liebeskummer verlauten, sie beschränkte sich darauf, in aller Ausführlichkeit das Phantomdasein zu beschreiben, das sie in ihrem Elternhaus fristete. Sie verbrachte ihre Tage im Nachthemd, dachte nur noch ans Sterben, tat jedoch nichts anderes als essen. Wie damals bei der Geschichte mit dem Montblanc-Füller, nahm sie auch jetzt die Strafe mit morbider Resignation hin. Sie wusste, dass ganz Mailand über sie redete. Ihre Eltern statteten Lupos Eltern einen Besuch ab und forderten sie auf, die befleckte Ehre ihrer Tochter reinzuwaschen, doch diese standen reglos unter ihrem Kronleuchter aus Murano-Glas und luden sie nicht einmal dazu ein, ihre Mäntel abzulegen.

Claudia hatte wieder ihr Kinderzimmer bezogen, samt dem Koffer mit den leichten, knappen Sommerkleidchen, und berichtete davon, wie das Schicksal mit unbarmherziger Ironie zuschlug. Ihr Vater weigere sich, das Wort an sie zu richten, und ihre Mutter sei ans Meer gefahren. Das sei die Lage seit knapp drei Wochen. Ihr war klar, ihre Eltern würden sie am liebsten bei lebendigem Leibe im Wald begraben und für immer vergessen. Auch sie selbst träumte manchmal davon, sich mit ihrem aufgeblähten Körper einfach in eine warme, feuchte Grube zu legen. Mit grauenhafter Präzision schilderte sie ihre Gewichtszunahme und beschrieb, wie sie sich oft selbst eine Treppe hinunterstürzen und anschließend verbluten sehe, mit ihrem riesigen Bauch, in dem bereits erstaunlich viel Leben steckte. Nachts spürte sie ihr Baby, das sich bewegte wie ein Schiff auf stürmischer See.

Charlotte wurde fast schwindlig, wenn sie an diesen Bauch dachte. Sie stellte sich Claudias stilles Leben vor, den Schatten des Makels, der auf die Wände fiel, über den Teppich kroch, durch die Türen glitt und sich in der ganzen Stadt verbreitete. In Charlottes Leben spielte Körperlichkeit keine Rolle, manchmal bildete sie sich ein, dass unter den weißen Tagesdecken, die über die Möbel geworfen wurden, wenn keine Gäste anwesend waren, sich wilde Tiere befanden, Kühe oder Nashörner, die entweder schon tot waren oder sich schlafend stellten.

Salomé und Boria Tbilissi redeten nicht über Sexualität. Charlotte wurde von niemandem berührt, und niemand wäre wohl auf den Gedanken gekommen, dass sie mit dem Badezimmerspiegel heimlich Zungenküsse übte. Ihre Mutter erlegte ihr einen so strikten wie abstrusen Dresscode auf, keine Baumwolle im Winter, kein Marineblau im Frühling. Handschuhe waren obligatorisch, als müsste man andauernd die Haut schonen oder einen Schutzfilm gegen die Welt auftragen. Ab dem vierzehnten Lebensjahr ging Charlotte jeden Mittwochnachmittag in den Rocktempel *Golf Drouot*, wo sie im Halbdunkel mit Jungen schwofte, die sich an sie pressten und ihre Hosenbeulen in ihren Bauch drückten. Als der Fotograf David Hamilton Modelle suchte und man sie zu einem

Termin bei ihm am Boulevard du Montparnasse einlud, borgte Salomé Tbilissi ihr eine leicht durchsichtige Samtbluse. Unter den Blicken eines Haschisch rauchenden amerikanischen Freundes, der keine Miene verzog, saß sie vor dem Wohnzimmerkanapee Modell, mit nacktem Hintern auf dem kalten Parkett, die Knie angewinkelt. Die Fotos bekam sie nie zu Gesicht, sehr zum Ärger ihrer Mutter, die gern ein von einem professionellen Fotografen geschossenes Porträt ihrer Tochter ausgestellt hätte.

Als Franco Rossetti sie in Paris besuchen kam und ihr eine Schachtel Pralinen von Suchard mitbrachte, wunderte sich Charlotte, als sie eine Packung Antibabypillen in der Schachtel fand. Franco war wohl der Einzige, der sich vorstellte, sie führe so etwas wie ein Liebesleben oder einfach nur das eines Menschen.

Wenn Charlotte spätnachts nach Hause kam, machte niemand sich Sorgen, wo sie denn so lange gewesen sei. Ihre Eltern äußerten lediglich die Hoffnung, dass sie nicht »allzu müde« sei.

Sie hatten in der Tat nichts zu befürchten. Charlotte war klar, dass die Jungen keinen Gefallen an ihr fanden, bis auf den Pianisten im Golfclub vielleicht, der um die dreißig war und dessen Kopfschuppen wie Puder auf den Samt seines Blazers herabrieselten. Sie hatte viele italienische Freunde, die sie im *Pré Fleury* kennengelernt hatte, jener Pension in Montana, in der sie seit ihrem elften Lebensjahr mehrere Sommer verbracht hatte. Diese Freundschaften waren ein Privileg, dessen war sie sich bewusst, sie wirkte wie einer von ihnen. Roberto Alazraki, Pier Paolo Gomasio, Matteo d'Annunzio, der sie »die Begum« nannte, weil sie Kaftane und schwarze Stirnbänder trug. Sie dachte oft an Matteo, in ihren langen, angstvollen Pariser Nächten, in denen über ihrem Kopf der Hamster mit den Zähnen knirschte, als kaute er Kies. Matteo ging einen Sommer lang erst mit Claudia, dann mit Chris, und Charlotte hatte einige Zeit den Eindruck, man wollte ihr die Gedärme ausreißen oder ihre Haut abstreifen wie einen Handschuh.

Mehr als zehn Jahre später sagte Matteos Schwester Alexa am Telefon kühl und leichtfertig zu ihr, als spreche sie eine Binsenwahrheit aus: »Wenn ich daran denke, dass Matteo ja so verrückt nach dir war! Der Arme, er hat sich überhaupt nicht an dich herangewagt, deine Kälte hat ihn abgeschreckt.« Charlotte musste sich setzen und krallte sich am Hörer fest, bis ihr die Finger wehtaten.

Als Claudia in sehr kurzer Zeit eine Verwandlung erfuhr – ihre Haut leuchtete plötzlich, das mit Kamille aufgehellte, fast platinblonde Haar fiel über den Rücken –, fühlte Charlotte sich verraten. Sie machte sich Selbstvorwürfe wegen des Grolls, den sie gegen Claudia hegte, doch der Groll war stärker als sie. Claudia turtelte mit den Italienern herum, brach völlig grundlos in Gelächter aus, lachte von Tag zu Tag lauter, wie Charlotte schien, und legte den Kopf, wie angezogen von einem Magnetfeld, zur Seite.

Mit vierzehn hatten Charlotte und Claudia den Club *Der schwarze Pudel* gegründet. Einen Geheimbund, dessen Aktivitäten hauptsächlich aus Gedichtelesen und Scopaspielen bestanden. Das Ziel war es, dem Grauen zu entkommen, der Bedrohung, mit der sie ständig lebten, wie in einem Gewässer, in dem sie auf einen Abgrund zutrieben, unter einem Himmel, der nichts in sich barg. Chris zeigte kein Interesse am *Schwarzen Pudel,* sie spielte lieber Tennis.

Nach dem Sommer der Verwandlung war der Geheimbund kein Thema mehr. Aber Charlotte spürte, dass sich die Dinge nicht erledigt hatten. Claudia flirtete mit sichtlicher Unbekümmertheit, ohne dabei je verliebt oder auch nur betört zu wirken, ihr Blick blieb undurchdringlich. Binnen dreier Urlaube war sie mit fast allen Italienern gegangen und mit Franco. Wer wissen wollte, von wem sie gerade umschwärmt wurde, lauerte ihr vor dem *Cinécrans* auf, wo sie mitunter drei Vorstellungen hintereinander besuchte, immer in der letzten Reihe saß, das Kinn aufs Knie gestützt, neben ihr der aktuelle Freund, der den Arm um sie geschlungen hatte oder regelrecht auf ihr lag, das hing eben davon ab, wie zupackend er war.

Zur selben Zeit fingen die Leute an, Chris als Schlampe zu bezeichnen. Sie lachte, tanzte mit allen und jedem und ließ sich von den verheirateten Männern, die sich am Spätnachmittag im Golfclub herumtrieben, auf ein Glas Champagner einladen. Die Männer baten die jungen Mädchen an ihren Tisch, und Chris nahm Platz, scheinbar ohne die entsetzten Blicke der umsitzenden Gäste zu bemerken, während alle anderen das Angebot höflich ablehnten. An den Lippenstiftabdrücken erkannte man das Glas, aus dem sie getrunken hatte, und ihre Zigarettenstummel, die sich im Aschenbecher türmten. Anschließend ging sie wieder tanzen oder nach Hause und sagte nicht einmal Auf Wiedersehen.

Charlotte konnte nicht sagen, woher dieses Gefühl kam, aber sie wusste es einfach, genauso wie sie wusste, dass ihre Mutter nachts unter dem Gewicht ihres Vaters hart und steif wurde wie ein Stein – so wusste sie auch, dass Chris nicht so abgehoben war, wie es schien. Sie sprach mit ihr nicht darüber, obwohl das Thema eigentlich in der Luft lag, obwohl sie es vor Augen hatten wie ein Tier, das im Wald plötzlich vor einem steht. Charlotte hätte ungeachtet dessen, was sie sehen konnte, nämlich dass Chris Ewigkeiten im Bad zubrachte, um sich die Lippen zu schminken und die Fußnägel zu lackieren, auch mitten im Winter, wo niemand ihre Füße zu Gesicht bekam, schwören können: Jungen und Sex jagten Chris Angst und Schrecken ein, genauso viel Angst und Schrecken wie ihr selbst.

Das ganze letzte Schuljahr über war Chris heimlich in Sébastien Gouze verliebt, der nur zerstreute und herablassende Blicke für sie übrighatte.

Im Frühling hielt Sébastien sich für ein paar Tage, in denen Chris andauernd damit beschäftigt war, sich die Nägel schön zu machen, in der Villa Palma auf. Ein Duft von Nagellackentferner umhüllte sic, ihre Hände und ihr ganzes Leben schienen eine einzige Baustelle zu sein, Chris strebte nach nichts Geringerem als nach Perfektion. Sie schwänzte die Tennisstunden und schlenderte die Grand-Rue entlang, irrte durch die Straßen, schwebte in ihren Ballerinas über den Asphalt, manchmal verloren in die Betrachtung der Schaufensterauslagen, immer in der Hoffnung, ihm zu begegnen. Ihr Herz klopfte, er konnte jeden Augenblick auftauchen. Doch wenn sie ihn dann tatsächlich traf, wandte sie den Blick ab, und ihr Gesicht glänzte wie eine Eisbahn in der Sonne.

Eines Abends, an dem sie zu viel getrunken hatte, erzählte Chris Charlotte, wie sie sich, angetrieben von einer gierigen Leidenschaft, nach dem Schwimmen mit nassen Haaren auf Sébastiens Zimmer begeben habe. Er habe eine Zigarre geraucht, während sie im gelben Minikleid – mit Häkchenverschluss am Rücken – aus dem Fenster schaute. »Eine uneinnehmbare Festung«, meinte sie mit einem künstlichen Lachen. In einem kurzen, stummen Kampf habe er versucht, ihr dieses Kleid vom Leib zu reißen, dann sei sie in heller Aufregung auf ihr Zimmer gerannt. Nie wieder werde sie einen Jungen küssen, das habe sie sich geschworen.

Und doch hat sie im Sommer darauf Giovanni Maggiore geküsst und schließlich ihre Unschuld verloren.

An dem Tag waren Charlotte und Chris die Straße nach Siders entlanggelaufen. Ihre Schenkel rieben sich in enganliegenden Baumwollshorts. Die beiden waren nervös, als stünde eine Prüfung oder ein Gewitter an.

Der Alfa Romeo von Giovanni Maggiore kam herangerauscht, darin Giovanni und Tommaso Luca, der Wagen bremste scharf, die Tür ging auf, Charlotte und Chris wussten gar nicht, wie ihnen geschah, schon nahmen sie mit angefeuchteten Lippen auf der Rückbank Platz, begutachteten sich selbst im Rückspiegel, zerstrubbelten sich die Haare und beugten sich vor, damit die Jungs sie verstehen konnten.

Giovanni stellte das Auto auf dem Parkplatz am Lac Moubra ab, und Charlotte hatte auf einmal Lust, in den Wald zu laufen. Doch stattdessen stieg sie aus und folgte Tommaso, der am Strand ein Badetuch ausbreitete und sich dann mit nacktem Oberkörper, in weißen Bermudashorts daraufsetzte. Der See schimmerte schwarz, über die glatte Wasseroberfläche schwirrten Libellen, deren unberechenbare, ruckartige Bewegungen zur Aufgeregtheit der Mädchen passten. Es roch nach Blumen und feuchter Erde, die milde Luft drang wie ein Gift – oder wie ein Liebestrank – in ihre Lungen ein. Hohe Schilfhalme neigten sich im Wind, im Schatten der Lärchen tanzten die vielfältigsten Muster im Wasser. Die Pinien zu beiden Seiten des Ufers standen aufrecht, sie schienen auf obskure Art Wache zu halten und die Grenze zur Wildnis zu markieren.

Giovanni holte aus seinem Blazer eine Flasche Whisky hervor, von der die Sonnenstrahlen wie kleine Morsezeichen oder Hilferufe abprallten.

Wie sollte man erklären, was an dem Nachmittag passierte? Verdrehte die Hitze den Jungen den Kopf? Waren sie einfach so träge? Jedenfalls reichten sie sich die Flasche, scherzten auf Italienisch und kümmerten sich gar nicht darum, ob die Mädchen etwas verstanden. Charlotte kratzte mechanisch mit den Zehen im Boden und blickte über den See; er wirkte gespenstisch.

Plötzlich – keiner wusste, was in sie gefahren war –

sprang Chris auf und begann, sich auszuziehen. Ein Windhauch strich durch ihren Lockenschopf, Giovanni und Tommaso grinsten verschmitzt, während Chris mit aller Natürlichkeit ihren BH und ihr Höschen zu Boden fallen ließ. Die weißen Brüste kamen zum Vorschein, ihre verwundbaren Stellen leuchteten auf und hoben sich von den gebräunten Partien ab. Unterhalb des Nabels zeichneten sich auf einer Geheimkarte finstere Weiten ab. Lachend lief sie auf den See zu, in dem eigentlich nie jemand badete, da das Wasser zu jeder Jahreszeit eiskalt war, und glitt erstaunlich zügig hinein. Sie tauchte unter, kam einige Augenblicke später ein paar Meter weiter wieder an die Oberfläche und winkte mit ihrer kleinen weißen Hand, die scharf vom Himmel abstach.

Giovanni zog sich ebenfalls aus und machte sich mit großen Schritten auf in den See, in Unterhosen. Auf seinem Rücken trat eine Ader hervor, vielleicht war es auch ein Muskel oder ein sich über sein Kreuz schlängelnder Aal. Charlotte bekam einen ganz trockenen Mund – sie hatte das Gefühl, Sand zu schlucken. Giovanni war ins Wasser gesprungen, nun schwammen die beiden Badenden aufeinander zu.

Dann hörte man gar nichts mehr außer dem Rascheln und Murmeln des Windes in den Büschen. Es klang, als summten in der Ferne die grazilen Geschöpfe des Waldes. Charlotte wusste nicht, was Tommaso machte, ob er in die gleiche Richtung sah wie sie, ob er überhaupt noch da war. Vielleicht hatte er sich ja einfach in nichts aufgelöst, so wie die Kräuselungen des Wassers wieder verschwanden, nachdem ein Schwimmer vorübergezogen war. Der schwarze See nahm erneut sein kränkliches Aussehen an, er schien imstande, jegliche Kreatur zu verschlingen, sie in die Tiefe zu reißen und auf dem Grund festzuhalten, als Gefangene in einem Wald von Riesenalgen.

Chris hatte eine Grenze überschritten. Nun stand sie bis zur Brust im Wasser. Die Füße versanken im Boden, der Schlamm war wie tausend Gummimünder an ihr hochgekrochen und reichte ihr bis zu den Waden.

Mit beeindruckender Kraft drückte Giovanni sie an sich, seine Lippen berührten ihren Hals, sein Atem ging immer schneller. Geräusche drangen übers Wasser und erreichten das Ufer, wo die bestäubten Gräser im Wind schaukelten. Chris hatte das Gefühl, dass Lianen sie umschlangen und ihr das Herz zuschnürten.

Plötzlich spürte sie einen Sog im Wasser, zwischen ihren Beinen. Wie mächtige, geschmeidige Fangarme auf ihrer Haut, die sie festhielten. Erschrocken bemerkte sie, dass sie sich nicht mehr bewegen konnte, selbst ihre Lunge drückte sich zusammen. Im nächsten Augenblick ging ein Riss durch ihren Bauch, doch all das schien sich an einem fernen, fernen Ort zuzutragen, von dem sie noch nie gehört hatte.

Später erinnerte sich Chris, dass sie sich zwischen zwei Atemzügen, losgelöst vom eigenen Körper, bei dem Gedanken überrascht hatte, sie werde gleich sterben. Wurde gerade auf sie geschossen? Stieß ihr jemand eine Klinge in den Unterleib? Hoffentlich wurde sie von keinem wilden Tier aufgefressen, von einem Bären? Ihr spitzer, gellender Schrei tönte durch die Luft, wie der eines übers Wasser rauschenden Eisvogels.

Wieder im Alfa Romeo, kurbelte Charlotte das Fenster herunter, legte den Kopf in die Ellenbogenbeuge und ließ die Landschaft an sich vorüberziehen. Die schieferblauen Berge, die dunklen Wälder, die einem Postkartenmotiv glichen, dazu die Nachmittagssonne, die einen honigsüßen Schein auf Chris' Gesicht warf. Doch so manches Detail verriet auch die unabwendbare Tragik, die über der Szene lag, die im Auto herrschende Stille, Giovannis brüsk schlenkernde Fahrweise, die beiden nassen Badetücher, die wie sich windende Körper zu Charlottes Füßen lagen. Die stetig sich wandelnden Farben des Himmels, Blasslila, Orange, Schwarzblau, flossen wie Lidschatten ineinander. Charlotte schien, als ergösse der kalte, dunkle See sich in ihr.

Der Sommer verging wie im Traum. Chris begann, die Champagnereinladungen im Golfclub auszuschlagen, und Giovanni reiste überstürzt ab. Es hieß, er habe sich das Bein gebrochen, als er sturzbetrunken im Plastikbob den steinigen Hang des Cry d'Er hinuntergebrettert war. Claudia bestätigte die Information, deutete vage einen »Unfall« an. In der Woche darauf fuhr sie selbst ab, samt ihrem Koffer und dem triumphierend glänzenden Haar.

Einige Monate später sollte Charlotte ihren Brief erhalten. Ausgestreckt auf ihrem Bett in der Rue de Miromesnil, blickte sie nach draußen, in die Nacht und auf die wie Girlanden schimmernden Lichter der anderen Fenster. Wohnten hinter diesen Scheiben noch andere Mädchen wie sie? Gefangene eines launischen Körpers, der in unregelmäßigen Abständen Bedürfnisse anmeldete? Waren sie auf einer langen Skala an dem Punkt angekommen, an dem sie sich fast in Luft auflösten?

Seit ihrem elften Lebensjahr hatte Charlotte ein Bewusstsein für ihren Körper. Nachmittags nach der Schule ging sie geradewegs in die Rue de Miromesnil. Sie nahm immer die Personaltreppe, über den Hauptaufgang gelangte man nämlich direkt zum Büro ihres Vaters, der ja nicht gestört werden durfte – auch wenn niemand so recht wusste, was Boria Tbilissi in diesem Büro machte und weshalb er keinesfalls gestört werden durfte, denn zum Arbeiten ging er eigentlich ein paar hundert Meter weiter in ein anderes Büro am Boulevard Malesherbes.

Sie erinnerte sich, dass eines Tages ein ihr unbekannter junger Mann an der Tür lehnte, ordentlich gekämmt, mit einem karierten Pullover, einem Pullover, wie ihn auch ihre Brüder trugen. Er fragte, ob sie ihm helfen könne, aus dem Keller Flaschen heraufzutragen, und sie ging mit ihm, aus Höflichkeit, so war sie erzogen worden. Sein kastanienbraunes Haar musste seidenweich sein. Sie dachte gar nicht daran, nein zu sagen. Sie sagte ohnehin nie nein.

Wahrscheinlich hat sie ihn angefasst. Denn sie spürte etwas in ihrer Hand, das sich anfühlte wie ein warmes Tier, etwas Anschwellendes, wie ein Muskel oder ein Krake, und sie dachte schlicht: »Bestimmt hole ich mir gerade eine ansteckende Krankheit.« Er stieß eine Art Grunzen aus – und drang in ihren Unterleib ein. Und dann spie dieses Tier plötzlich auf sie, es ging eigentlich alles sehr schnell. Es spie eine zähflüssige, schleimige Masse aus, die Charlottes Mantel besudelte. Sie hatte an dem Tag ihre blauen Turnschuhe mit den weißen Gummirändern an. Ihr Atem steckte wie eine Federkugel in ihrer Kehle fest.

Anschließend ging sie hinauf in die Wohnung. In ihrem Kopf drehte sich alles, sie sagte irgendetwas zu ihren Eltern, oder vielleicht auch nicht, später erinnerte sie sich nur noch daran, wie ihr Vater mit dem Finger auf ihren Rock deutete und mit seltsam erstickter Stimme hervorbrachte: »Hat er dich da angefasst?« Er stellte ihr diese Frage mehrmals hintereinander – *unzählige Male*. Salomé Tbilissi hielt sich mit eigenartig ausdrucksloser Miene im Hintergrund und ließ die Arme herabhängen.

Charlotte schüttelte den Kopf, äußerte jedoch den Wunsch, sich umzuziehen, woraufhin die Mutter ihre Sachen für immer verschwinden ließ. Charlotte dachte manchmal an diese Kleider, dachte, sie seien in ein verborgenes Zimmer geschafft worden, das ausschließlich beschmutzter Kleidung vorbehalten war und nur in einer Parallelwelt existierte, in der man seine Geheimnisse einschloss. Sie stellte sich vor, dass sich hinter dem Bücherschrank oder dem Kamin eine komplizierte Vorrichtung befand, die den Zugang zu diesem Zimmer eröffnete, einer Art Höhle mit feuchten Wänden, in der ihr Mantel, ihr Rock und ihr Pullover auf einem Stapel zusammengelegt waren, wo es einen weiteren Stapel mit einem schwarzen Rock, einem grauen Wollkostüm und einer Spitzenbluse gab, und in diesem Zimmer fanden sich auch Accessoires, Haarspangen, ineinander verstrickte

Goldketten, Brillantohrringe. Wenn Charlotte nachts im Bett lag, stellte sie oft ein Inventar auf. Nach einiger Zeit, womöglich Jahre später, stellte sie fest, dass sie die Sachen und den Schmuck der Unbekannten auflistete, die auf den Schwarz-Weiß-Fotos in der Bibliothek ausgestellt waren.

Niemand sprach mehr über den Vorfall, und Charlotte nahm weiter die Personaltreppe. Ihr schien, als dächte sie nie oder höchstens einmal flüchtig an den jungen Mann, offenbar hatte ihr Gehirn die Tür zu diesen Regionen der Erinnerung versperrt. Doch sie konnte abends nicht mehr allein eine Straße entlanglaufen. Ein einziges Mal, mit siebzehn, wurde sie von der Dunkelheit überrascht, als sie nach der Musikstunde mit ihrem Lehrer, einem polnischen Studenten mit durchscheinender Haut, noch ein paar Zigaretten geraucht hatte. Sie rannte, es war schlagartig Nacht geworden. Als man sie fand, mit rechtwinklig angezogenen Beinen auf dem Trottoir liegend, floss ein dünner Blutfaden aus ihrem Ohr, als würde ein finsterer Traum versuchen, sich aus ihrem Gedächtnis zu winden.

Ausgestreckt auf ihrem Bett, dachte Charlotte an einen Tag im Spätsommer 1970, kurz bevor Claudias Schicksal sich entspann, an dem sie die Hoffnung gehabt hatte, ein normales Leben führen zu können. Sie lief mit Claudia, Chris und Franco die Straße nach Montana entlang, in Badesachen, nachdem sie alle vier beim Schwimmen gewesen waren. Chris trug einen einteiligen Badeanzug, der ihre Brüste hervorragend zur Geltung brachte, Claudia Jeansshorts mit einem provokanten Wasserfleck, der sich über den Hintern ausbreitete, Franco Rossetti einen roten Badeslip, ein gefährliches Stück, das man wohl besser nicht genauer betrachtete. Charlotte erinnerte sich an den warmen, aufgeweichten Asphalt unter ihren Füßen. Sie trug ihr Baumwollkleid über dem Arm, der Wind strich ihr wie ein Haartrockner über die Haut, ein Gefühl wie am Meer.

Zurück im Haus, gingen sie in den kleinen Kellerraum, in dem eine einfache Schlafcouch stand. Aufgeklappt füllte sie das ganze Zimmer aus, wie ein Floß. Sie legten sich hin, wiegten sich in dem köstlichen Gedanken, Schiffbrüchige zu sein, während das Wasser vom nassen Haar auf ihre Schultern tropfte. Franco Rossetti zog aus seinem bunten Strickbeutel (eigentlich ein Mädchenbeutel) einen gewellten Gedichtband hervor, *Carmina* von Catull. Er begann, Gedichte vorzulesen, von denen sie kein Wort verstanden – Franco, der in der Schule nie Latein gehabt hatte, verstand erst recht nichts –, doch sein leiser Vortrag erzeugte ein leichtes Fieber, vor allem, wenn man heimlich einen Blick auf Francos Kettenanhänger warf. Das durch den Schacht fallende Licht zeichnete Zebramuster auf ihre Körper. Sie drifteten immer weiter ab, eine unsichtbare Kraft trieb sie hinaus auf die offene See.

Charlotte hatte das Gefühl – ein Flügelschlag in ihrer Brust –, dass sie alle vier zusammenbleiben und für immer glücklich sein würden. Sie spürte ein Kribbeln, wollte Obst essen oder jemanden küssen, Franco wahrscheinlich. Während er gesenkten Blickes dasaß und mit heiserer Stimme vorlas, trat am Hals plötzlich eine Ader hervor, die die unanständigen Gedanken reflexartig verscheuchte.

Dann gingen sie alle vier zum Umziehen ins Bad, wo Franco im Apothekerkästchen ein Fläschchen mit neunzigprozentigem Alkohol fand. Er kippte die durchsichtige Flüssigkeit ins Waschbecken und in die Badewanne und zündete sie dann mit seinem Zippo-Sturmfeuerzeug an. Mit einem jubelnden Gefühl der Macht schauten die Mädchen in die Flammen, die unruhig, hell und goldgelb züngelten.

Hier vor ihren Augen verbrannten all die Dinge, die in der Luft lagen und über die nie gesprochen wurde. All die irrsinnigen Dinge, die geschahen. Mädchen verloren ihre Unschuld auf den Rückbänken von Autos und gingen danach im Morgengrauen zu Fuß nach Hause. Sie suchten für ein paar Tage eine Apothekerin in Lausanne auf und standen hinterher auf der Piste und übergaben sich still. Jungen verschwanden von der Bildfläche (sie waren drogensüchtig geworden, wussten nicht mehr, wie sie hießen, und sprangen aus dem Fenster). Frauen fingen an zu trinken und wurden nicht mehr zu Dinnerpartys eingeladen. Außerhalb der Saison tauchten Männer auf, in Begleitung von allzu stark geschminkten Geschöpfen, von jungen Damen, die die gleichen Pelzmäntel wie die Ehefrauen jener Männer trugen – lediglich ein wenig neuer oder ein wenig auffälliger –, man quartierte sich gemeinsam in den schicksten Hotels ein, und das Personal tat so, als würde es die Männer nicht wiedererkennen. Fremde, die irgendwie vertraut wirkten, erschienen auf der Bildfläche, flüchtig wie Gespenster, Geldkoffer passierten die Grenze, in Kofferräumen, in Reservereifen, unter den

Sitzen versteckt, ständig wurden die Reisepässe bereitgehalten, für den Fall, dass man flüchten musste, wenn der Morgen dämmerte. Man wusste auch nicht, auf welcher Seite die Italiener im Krieg gestanden hatten, man wusste manchmal nicht einmal, auf welcher Seite die eigene Familie gestanden hatte, der irgendwelche Fragen zu stellen man sich nie getraut hätte. Man blieb lieber unwissend. Solange nicht darüber geredet wurde, waren diese Dinge aus der Welt. Das Gleichgewicht der Mächte hing an solchen Fragen und vielleicht sogar das eigene Leben.

Die Flammen vernichteten alles: Charlottes besudelten kleinen Mantel im verborgenen Zimmer. Die weißen Baumwollshorts, die Chris am See getragen hatte. Die Blusen der weiß gekleideten Frauen, die sich nachts manchmal an Charlottes Bett setzten und ihr durchs Haar strichen. Die anonymen Briefe, über die sie nie sprachen; sie hatten sie in der Hand gehalten, im Nachthemd, und große Augen gemacht. Claudias Koffer mit all den knappen Kleidern, die sie im Sommer getragen hatte, um den Jungs zu gefallen. Charlottes kratzige Pullover. Die orthopädischen Schuhe. Claudias lackierten Montblanc-Füller. Die Aschenbecher, die voll waren von den Kippen der alternden Schönlinge, die Chris einen Drink spendiert hatten. Ihre Hosen, die sich wölbten unter dem Tisch. Die Papierservietten, mit denen sie sich ihre schweißnassen Hälse abwischten. Und die blutbefleckten Slips der Mädchen, die aus Lausanne zurückkehrten.

Nun war Claudia schwanger. Ihr Bauch schien sämtliche Fehltritte der Mädchen von Crans-Montana in sich zu tragen. Er dehnte sich immer weiter, blähte sich auf wie eine Blase, die irgendwann explodieren musste.

FRANCO

Als er sie im Dezember 1977 wiedersah, in der *Grand-Place,* dem Supermarkt, dessen Leitung er mittlerweile übernommen hatte, fühlte er nichts.

Franco erkannte Claudia schon von weitem – der hochgewachsene Körper, die melancholische Ausstrahlung, das blonde, zu einem lockeren, sehr hohen Dutt zusammengesteckte Haar, die so besondere Anordnung der Sommersprossen, die sich über das ganze Gesicht verteilten, all das registrierte er mit der Nüchternheit eines Wissenschaftlers. Sie trug einen Nerzmantel, der ihr bis zu den Knöcheln reichte (»Hat sicher mehr als fünfzigtausend Schweizer Franken gekostet«, dachte er mechanisch) und lederne Schaftstiefel. Ihre unglaublichen, flügelartigen und überall mit Diamanten und Saphiren besetzten Ohrringe vermittelten den Eindruck, als könnte sie jederzeit die Schwingen ausbreiten und sich in die Lüfte erheben. Die Edelsteine funkelten in ihren Augen. Franco musterte den dicken, glänzenden Pelz, der ihre blasse Haut noch mehr zur Geltung brachte, in dem sie dastand wie im Scheinwerferlicht, und eine grausame, ironische Stimme flüsterte ihm ein: »Du fühlst nichts, Franco. Gar nichts.« Die Stimme wiederholte sich, und etwas überrascht, vielleicht erleichtert, stellte er fest: Er fühlte tatsächlich nichts. GAR NICHTS.

Jahrelang hatte ihr Bild ihn verfolgt, sieben Jahre lang, um genau zu sein. Immer wieder war es auf merkwürdige Art in sein so träges wie sensationelles Leben eingebrochen. Von 1969 bis 1975 arbeitete er in der Hauptsaison im Hôtel Beauregard als Fahrer und »Mädchen für alles«, dem man die heikelsten Missionen anvertraute und dem sich dadurch eine fabelhafte Welt auftat. Anfangs hatte er vor allem Abstand von seinem Vater gewinnen wollen, der eine andere Entwicklung als normale Eltern zu nehmen schien. Er beäugte das Kommen und Gehen seines Sohnes mit wachsendem Misstrauen und forderte Rechenschaft von ihm, von Franco, der sein eigenes Geld verdiente, seitdem er sieben war, der mit dem Fahrrad oder Roller ein Kilo Kartoffeln oder eine Forelle ausfuhr und dafür drei oder vier Rappen Trinkgeld kassierte. Franco hatte Zugang zu den vornehmen Kreisen erhalten, in denen er – aus welchen Gründen auch immer, doch er hatte schon lange aufgehört, die Dinge zu hinterfragen – allseits gern gesehen war. Im Hotel wurde er meist schon sehnlichst erwartet. Er spürte, wie sich die Blicke auf ihn richteten, wenn er die Eingangshalle betrat und sich den Schnee von Haar und Schultern schüttelte. Man schob ihm Banknoten in die Tasche seines Jacketts, häufig auch größere Scheine. Man plauderte über das Leben im Ort. Franco wusste, die Leute genossen nichts mehr, als sich in Crans-Montana ganz wie zu Hause zu fühlen. Erst machten sie ein trauriges Gesicht, die einen sahen ihn verstohlen an, die anderen herausfordernd, aber irgendwann kamen sie ihm alle so nahe, dass er ihren Atem spüren konnte.

Er war der verlorene Sohn beziehungsweise der Liebhaber, von dem und dessen exotischem Leben man träumte.

Franco fuhr sagenhafte Autos: einen Aston Martin, einen Maserati, einen Porsche 930, einen gelben Lamborghini Countach, der einem Österreicher mit einem dazu passenden Overall gehörte. Er mochte es, sich die schwarzen Handschuhe überzustreifen, die ihm eine 43-jährige Dame aus Mailand geschenkt hatte – die ihn doch arg in Verlegenheit gebracht hatte, als sie ihm im Lift einen blasen wollte, in eine panikartige Verlegenheit geradezu, die sich jedoch in dem Augenblick verflüchtigte, in dem er der Spuren des roten Lippenstifts auf seinem guten Stück gewahr wurde. Er lenkte die Luxuskarossen sicher über die vereisten Straßen und raste wie der Teufel in gefährlichem, schwer befahrbarem Gelände.

Vielleicht gaben seine schwarze Uniform, die langen Haare, die Augenringe ihm den Anschein eines Playboys. Vielleicht waren es die Autos, die er besser und schneller fuhr als ihre Besitzer? Womöglich lag es auch an der Bergluft, dieser schneidenden, durchdringenden Luft, die die Sinne schärfte und den Menschen ein strahlendes Aussehen verlieh. Wie auch immer, die Männer vergötterten Franco, und die Frauen wandten sich ihm zu, wie sich Blumen dem Licht zuwenden.

Der Pekinese des amerikanischen Ehepaars Max und Susan Havemeyer hieß, als Zeichen der Zuneigung, ebenfalls Franco. Dem einen oder anderen wäre sicherlich unwohl gewesen bei dem Gedanken daran, dass ein kleiner, hässlicher Hund, der sich hauptsächlich durch seine Faszination für Genitalien hervortat, den eigenen Namen trug, aber Franco versetzte dem Tier einfach einen Stoß und lachte dabei aus vollem Herzen. Im Sommer besuchte er die Azoulay-Schwestern Barbara, Agnès und Sonia, die sich Barbie, Baby und Sultane nannten, an den Stränden der Côte d'Azur. An den Wochenenden tauchte er mit Geschenken beladen – Toblerone, mit Puderzucker bestäubte Schwarzwälder Kirschtorten, Verhütungsspiralen – bei den Pariserinnen auf, bei Chris, Charlie und deren Bekannten. Und dann gab es noch die Mütter seiner Freundinnen: Italienerinnen in Fuchspelz-Wendemänteln, die einen morbiden Geruch nach Mottenkugeln verströmten – zu Hause in Mailand trugen sie das Futter nach außen, aus Angst vor Farbbeutel-Attacken seitens militanter Kommunisten. Extrem rausgeputzte Pariserinnen in Kostümen, die farblich auf ihre Taschen und Pumps abgestimmt waren – ihre Absätze hinterließen winzige Spuren im Schnee, wie die eines Spatzen oder Rotkehlchens.

Er hatte diverse Beziehungen mit Mädchen, in die er manchmal sogar verliebt war, und doch spukte Claudia weiter in seinem Kopf herum. Er vermochte nie genau zu sagen, was die Erinnerung auslöste, die ihn selbst dann heimsuchen konnte, wenn er mit anderen Mädchen zusammen war. Mit Cécile Roche etwa, die sich nackt auf dem Bett rekelte, während ihre sandfarbenen Brustwarzen erlesen und obszön auf ihrem Busen prangten. Oder mit Sylvie Bach, die errötete, wenn sie eine Schachtel Chiacchiere öffnete, diese italienischen Krapfen, die

Franco ihr mitbrachte, als wäre sie noch nie von irgendjemandem mit einer zarten Aufmerksamkeit bedacht worden. Mit Aude – Aude Koutzevitch! –, mit der er im Gras lag und Marihuana rauchte, indes das Blau ihres Hosenkleids, unter dem sie splitternackt war, mit dem Blau des Himmels verschmolz. Zwischen 1973 und 1976 fuhr er unzählige Male nach Paris, um sie zu besuchen, und es gab eine Zeit, in der er wirklich glaubte, er würde sie heiraten. Doch dann trieb sie ab, und sie waren wie Geschwister oder zwei Freunde, die sich gern zusammen die Kante gaben. Sie trieb erneut ab. Sie trieb in den folgenden Jahren fünf- oder sechsmal ab, und er war fast jedes Mal dabei, wartete unten im Café, bis sie plötzlich hinter der Glastür auftauchte, mit einem triumphierenden Lächeln auf den Lippen und leichenblass.

Anfangs kam es ihm so vor, als würde er nie oder kaum an Claudia denken. Ein einziges Mal hatte er ihr geschrieben, im Dezember 1971, eine Postkarte, auf der die *Piste des Violettes* abgebildet war, er hatte das Motiv nur aus einem sentimentalen Antrieb heraus gewählt, den er bereits in dem Augenblick bereute, in dem er die Karte beim Golfclub in den Briefkasten warf, weil anstelle des i-Punkts ein Herz abgebildet war. Aber sie hatte nicht geantwortet auf diese Karte, es war sowieso Hauptsaison, er hatte ganz andere Sorgen. Er lieferte sich ständig Auseinandersetzungen mit seinem Vater, und das Geschäft lief so prächtig, dass eigentlich an gar nichts anderes zu denken war als daran, die Gelüste der Touristen zu befriedigen, die ihre Rechnungen mit 500-Franken-Scheinen bezahlten.

Außerdem wurde er von einer zunehmenden Zahl von Mädchen bedrängt. Sie betraten unter allen erdenklichen Vorwänden den Laden, kauften Malabar-Kaugummi oder eine Intimpflege-Lotion, während ihre schmächtigen Brüste mit einem Seufzen anschwollen. Die Flut brach über ihn herein und spülte die Umrisse seiner Jugend, die Erinnerungen an Claudia davon wie feuchten Sand.

Doch dann, im nächsten Jahr, sah er sie wieder überall. Oft erblickte er sie, wenn er im Lieferwagen unterwegs war. Wenn er im Morgengrauen dahinrauschte, der Nebel von den Wäldern aufstieg und die Landschaft in eine undurchdringliche Wolke gehüllt war. Oder in den Sommernächten, wenn er durch die Nacht glitt, die Scheinwerfer die Wiesen und Butterblumenfelder anleuchteten und Sternschnuppen auf die Motorhaube stürzten.

Plötzlich war sie da. Sie wandelte langsam am Straßenrand entlang, das lange, schimmernde Haar fiel über ihren Rücken. Ihre Haut erstrahlte wie in einem Sonnenlichtkegel oder wurde vom flackernden Mond erhellt. Sie wandte sich um, wie ein per Anhalter fahrendes Gespenst, und Franco kniff die Augen zusammen, spannte die Muskeln an, spürte seinen schmerzenden Kiefer; im nächsten Augenblick war das Gespenst schon wieder verschwunden.

Er sah sie auch, wenn er mit anderen Frauen zusammen war. Auf einmal legte sich Claudias Gesicht über ihr

Gesicht, ihre geschminkten Augen verwandelten sich in Claudias graue, glasige Meerjungfrauenaugen, ihr Lächeln verformte sich, ihre Lippen spreizten sich, und an die Stelle dieses Lächelns traten Claudias große, wie Porzellan glänzende Zähne, und ihr strahlendes Lächeln, das er wiedererkannt hätte unter tausend anderen.

Es passierte auch, wenn er im Geschäft stand, das Glöckchen über der Tür bimmelte und eine Familie den Laden betrat. Er hatte das Gefühl, da kamen Claudia, ihr Bruder und ihre schrecklichen Eltern herein – Claudia war stets das Schlusslicht, ihr Alter schwankte, manchmal war sie ganz klein, hatte kurze Haare und einen weißen Mantel an, manchmal war sie ein Teenager im Schottenrock und mit Pferdeschwanz, jedes Mal war sie eine flüchtige Erscheinung, die ihm den Atem raubte. Schließlich schärfte er seinen Blick und registrierte ein schwedisches oder schweizerdeutsches Ehepaar mit blassen, griesgrämigen Kindern, ein matter Abglanz der Maggiores.

Und dennoch fühlte er nichts an diesem Montag, den 19. Dezember 1977, als sie am späten Vormittag im kalten Supermarkt vor ihm stand.

Immerhin fiel ihm noch das fünf- oder sechsjährige Mädchen auf, aber erst auf den zweiten Blick, als er auch die Kälte spürte, die aus der Fischtruhe, von den im Eis glitzernden Wildlachsen und schwarzen Meeraalen, aufstieg. Das Mädchen ging an Claudias Hand. Die gleichen blonden Haare, die gleichen blauen Augen, vielleicht ein wenig dunkler. Eingemummt in einen Kaninchenfellmantel, erspähte es in der Ferne die Weihnachtsbaumkugeln und die toten Fische. Immer noch mit der merkwürdigen Gefühllosigkeit eines neutralen Beobachters dachte er sich: »Sieh an, das ist anscheinend das Kind, das ihr dieser Italiener gemacht hat.«

Endlich bemerkte er den Mann an ihrer Seite. Es dauerte eine halbe Ewigkeit, bis er ihn wahrnahm. Franco warf einen gewohnheitsmäßigen Blick in den Einkaufswagen und zählte vier Kisten Champagner, Moët & Chandon.

Claudia lächelte, ein Automatenlächeln, als wendete sie sich einer Kamera oder einem Spiegel zu, und sagte mit extravaganter, gekünstelter Stimme: »Franco, das ist Jacques, mein Mann.«

Am selben Tag bekam er nach Feierabend im Kühlraum, in dem die Vorräte lagerten, von seinem Vater eine gescheuert. Der Grund war ein absurder, irgendwelche Ware kam zu spät, oder es wurde zu viel oder zu wenig geliefert – jedenfalls konnte man Franco eigentlich nicht die Schuld dafür in die Schuhe schieben –, er bekam wohl nur deshalb eine gescheuert, weil das Geschäft in diesem Winter 1977 so gut lief und die Aufrechterhaltung des Warenflusses eine komplexe Herausforderung darstellte. Der Vater stand unter ungeheurer Anspannung, auch wenn der von Lichterspielen, Girlanden und Blinklichtern überflutete Laden die tröstliche Wärme einer Kirche ausstrahlte. Vielleicht plagten ihn auch Schuldgefühle, während seine Registrierkasse überquoll vor klebrigen, nach Fett riechenden Scheinen, die selbst dann noch klebten, wenn man sie mit Seife abbürstete, vor Bündeln von Scheinen, die er mitunter mehrmals täglich in Kraftpapiertüten packte. Oder hatte es irgendwie mit den alten Freunden zu tun – wobei, hatte der Vater überhaupt welche? –, mit Marcel Schwab, der in Bluche eine Fabrik betrieb, oder mit André Barras, dem Skilehrer, der eine recht erlauchte Kundschaft bediente – darunter die Kinder des Aga Khan –, hatte es mit den unbewegten, stummen Mienen dieser Freunde zu tun, die ihm unmerklich die Schulter zuwandten und in ihr Glas schauten, wenn er die *Dent Blanche* betrat?

Es war die Zeit, in der die Leute mit langen, gebleichten Haaren vor den Hotels und Nachtclubs posierten und sich fotografieren ließen. Man trug hautenge Jeans und schlenderte in Cowboystiefeln die verschneiten Alleen entlang. Man lungerte vor der Buchhandlung Jacky Bonvin herum, wo soeben ein Star einen Bestseller gekauft hatte, der gerade in Mode war, oder setzte eine anrüchige Miene auf und begab sich in einer unangebrachten Lederjacke in die Eissporthalle von Montana, um dort ein Foto von der Sängerin Sheila und ihrer weißen, unter dem Kinn zusammengebundenen Pelzmütze oder dem Curling spielenden Lino Ventura zu schießen. Im Steakhaus konnte man Alessandra Mussolini, Alain Delon und Brigitte Bardot begegnen, deren Gesichter sich in einem badewannengroßen, in der Saalmitte aufgebauten Aquarium mit Langusten widerspiegelten. Gina Lollobrigida spazierte im Zebramantel die Grand-Rue entlang, Venantino Venantini lag im Anzug auf der Terrasse des Hotels Bella Lui und ließ sich bei einem Käsetoast bräunen. Die Mädchen trugen Zobelfelle zu nackten Beinen. Die Italiener produzierten sich in enganliegenden T-Shirts von Fiorucci und goldenen Moonboots. Auf den Skipisten waren pausenlos Betonmischer und Kräne im Einsatz, die am Bau von ultramodernen Luxuswohnungen arbeiteten. Unten im Tal galt Crans-Montana als der Ort, »wo die ganzen Nutten hinfahren«.

Franco stand reglos da und sah den Mann an, der ihm mit erstaunlicher Wucht eine runtergehauen hatte – an die Wucht dieses Schlags, der wie eine Laune der Natur auf ihn niedergeprasselt war, sollte er sich noch lange erinnern. Er war fast dreißig (das heißt, er war eigentlich erst siebenundzwanzig, seit dem 12. Dezember, fühlte sich jedoch längst wie vierzig), und nie war er in diesen fast dreißig Jahren geschlagen worden, nie. Er blieb merkwürdig ruhig. Erst später, als er über die Grand-Rue lief und der Wind ihm ins Gesicht peitschte, spürte er, dass seine Wange brannte und sein Rollkragenpulli unter den Achseln schweißnass war.

Auf seltsame Weise hatte ihn der zitternde, halb geöffnete Mund seines Vaters an den von Jacques Savrier erinnert. Ordentlich standen die Zähnchen in Reih und Glied, speziell die unteren, wie polierte Kieselsteine. Das waren seine Gedanken, die ihm nun jedes Mal in den Sinn kamen, wenn einer der beiden Männer ihn anlächelte. Er verspürte dabei eine Art Juckreiz, und ein kalter Schauder lief ihm den Rücken hinab.

Jacques Savrier sollte ihm im Winter 1977 noch recht häufig begegnen. Immer hatte er denselben pelzgefütterten Persianermantel an, der ihm das Aussehen eines mächtigen und gefährlichen Mannes verlieh. Sein Gesicht war schmal, seine Brille eckig, er wirkte nicht so, als hätte er die Pubertät komplett hinter sich gelassen. Sein Lächeln hatte etwas Sonderbares: Man konnte sich nie sicher sein, ob er jovial oder bedrohlich lächelte.

Meist hatte Jacques Savrier das kleine Mädchen dabei, das Claudia so verwirrend ähnlich sah. Es ging an seiner Hand, und er kaufte ihm alles, was es haben wollte. Diese unglaublich hübsche Miniatur-Claudia hieß Valentina, sie war fröhlich und gewissenhaft, vor lauter Konzentration legte sie gern ihre kleine Stirn in Falten. Valentina schüchterte Franco ein, er schenkte ihr Sugus-Bonbons, so wie er allen Kindern Sugus-Bonbons schenkte, aber mit Valentina war es etwas anderes. Er wollte ihr am liebsten durchs Haar streichen – »Dieses Haar! noch heller als das ihrer Mutter!« –, sie entführen, irgendwohin, sie fest an sich drücken, ihr sämtliche Knochen brechen, sie würde bestimmt einfach weiterlächeln, dachte er. Er war außer sich, er tobte. Wo war Claudia, kümmerte sie sich auch manchmal um dieses Kind, das ihr glich wie ein Foto?

Irgendwann fing Franco an, eine heimliche Sympathie für Jacques Savrier zu entwickeln, nicht nur, weil er so irre Mengen bei ihm einkaufte – Franco beurteilte Menschen danach, wofür sie ihr Geld ausgaben –, sondern hauptsächlich, weil er das Gefühl hatte, dass sie beide auf eine gewisse Art einsam waren. Jeder auf seine Weise, aber sie bewegten sich beide in einer Welt, deren Spielregeln sie genau kannten, ohne wirklich dazuzugehören. Sie waren Parvenüs. Sie verstanden es, im Geheimen zu operieren, sie hatten so einige Tricks auf Lager. Der schwarze Mercedes von Jacques Savrier hatte ein rätselhaftes Diplomatenkennzeichen, CD, *corps diplomatique*. Manchmal erschien er in Begleitung von Männern in Anzügen, an deren Armen magere, langbeinige Kreaturen gingen, die einen ausländischen Akzent hatten, und das Lächeln von Jacques Savrier deutete an, dass es ein befriedigendes Gefühl sein musste, Macht zu besitzen. Franco mochte diese Männer, er trank gelegentlich einen Aperitif mit ihnen im *1900*, wo man in Ledersesseln saß und mit gedämpfter Stimme sprach, wie in New York. In vagen Begriffen redeten sie von ihrem »Business«, und Franco schätzte ihre elegante, lässige Art. Eines Tages tauchte Jacques Savrier zusammen mit einem befreundeten Minister von der Elfenbeinküste, das heißt, möglicherweise war der Minister auch aus Gabun, im Supermarkt auf. Die beiden kauften für tausend Schweizer Franken Raclettekäse ein, drei reifengroße Stücke, jeweils acht Kilo schwer. Franco erinnerte sich auch an einen Abend, an dem Jacques Savrier beschwipst in Erinnerungen an Libreville schwelgte – er sah recht eigenartig aus ohne seine Brille, die er abgenommen hatte –, in Erinnerungen an Begegnungen mit gefährlichen Giftschlangen im Kino oder den Mann, der vor Jacques Savriers Augen von einem Tigerhai aufgefressen worden war.

Als Jahre später der Skandal ans Licht kam und seine Freunde sich ebenso schnell von ihm abwandten, wie sie ihn, seine Maskenbälle und das prunkvolle Chalet mit angeschlossenem Golfplatz – das schönste von Crans-Montana, das aufgrund eines prähistorischen Vogels, dessen ausgebreitete Schwingen die Fassade zierten, den Beinamen Archaeopteryx trug – zuvor ins Herz geschlossen hatten, war Franco einer der wenigen, die Jacques Savrier noch in die Augen schauten und ihn auf der Straße herzlich begrüßten. Franco glaubte die Geschichten nicht, die man überall zu hören bekam: Geschichten von Betrug, afrikanischen Kungeleien und Koffern voller Geld. Es hieß, Jacques Savrier habe eine Wohnung in der Nähe von Lausanne, in der er seine »afrikanischen Freunde« empfing und wo sich nachts Mädchen mit spitzen Absätzen tummelten. Es hieß, seine Machenschaften seien eng mit dem Crans-Montana-Aufenthalt von Jacques Foccart, der grauen Eminenz der französischen Afrikapolitik, im Dezember 1982 verknüpft. Man habe die beiden im Hôtel Royal zusammen gesehen, am Pool, im Bademantel.

Na und? Was hatte das schon zu bedeuten? Gab es irgendjemanden, der nicht Geld verdienen wollte? In Crans-Montana trieben alle undurchsichtige Geschäfte. Jeder hatte etwas zu verbergen – die eigenen Dämonen, Bankkonten, eine Vergangenheit –, all das ruhte in Frieden, all das begrub der Schnee, der auf den Archaeopteryx niederrieselte, unter sich.

Franco mochte es einfach, den Leuten einen Gefallen zu erweisen. Wenn er nach Paris fuhr, bat man ihn, ein Geschenk abzugeben, einen Schokoriegel von Cailler oder einen Westaway-Pulli aus London, der nur bis zum Nabel reichte. So hatte es angefangen. Seine spektakulärste Mission war die Lieferung von zehn Kilo Kaviar, die er im Kofferraum seines alten Morris Minor transportierte und die für die Hochzeit von Barbie Azoulay bestimmt waren, die mit vierhundert Gästen auf der Île du Bois de Boulogne feierte. Am nächsten Tag fuhren sie zu dritt in dem Wagen, dessen Türen lediglich von einem dicken Klebeband festgehalten wurden, nach Saint-Paul-de-Vence, Franco am Steuer, die frisch Vermählten auf der Rückbank, Barbie im Nachthemd. Nach acht Stunden Fahrt hüpften sie in Unterwäsche in den Swimmingpool der Colombe d'Or, wo Sophia Loren, Marc Chagall und Yves Montand verkehrten, danach fuhr Franco in dem alten Morris Minor zurück. Im Rückspiegel sah er die Kusshände, die Barbie ihm in ihrem Frotteebadetuch zuwarf.

Vielleicht war es auch der Nervenkitzel, die Lust, Grenzen zu überschreiten. Die Welt lag ihm zu Füßen, er schaute nur nach vorn und ließ sich nackt in den Buchten bräunen. Manchmal dachte er an Hollywood – er konnte sich gut vorstellen, dorthin zu gehen, warum nicht? –, träumte von Dreharbeiten in der Wüste, von jungen Mädchen, die ihm die Stirn abtupften. Er fuhr Sportwagen, die ihm nicht gehörten, deren Schlüssel man ihm jedoch mit so viel Zartgefühl anvertraute, als wäre es Liebe. Er blickte auf den Tachometer, die Nadel stieg und stieg, der Schnee klatschte auf die Scheibe, die Reifen schlitterten über das Eis. Er hätte ewig so weiterfahren können, bis ans Ende der Welt.

Franco fürchtete sich vor nichts, er wollte einfach Spaß haben, und wahrscheinlich wollte er noch mehr, dass die anderen Spaß hatten. In solchen Momenten glaubte er, das Leben habe einen Sinn, den er ansonsten nicht immer klar vor Augen hatte, vor allem, wenn die Saison zu Ende ging, der feuchte Nebel vom Tal aufstieg und Crans-Montana in lähmender Depression versank.

Als die Leute es 1979 – oder 1980? oder nach den Wahlen 1981? – immer lauter krachen ließen, das Geld auf der Straße lag, 1000-Franken-Scheine auftauchten und auf jedem Nachttisch das weiße Pulver zu finden war, spürte Franco eine Unruhe in sich aufsteigen: Zum ersten Mal in seinem Leben kam es ihm so vor, als wären seine Freunde, und damit die ganze Welt, verwundbar. Es lag etwas in der Luft, eine Art Anspannung oder unterdrückte Wut, die fast mit Händen zu greifen war. In den Hotelbars sprach man mit gedämpfter Stimme, trank im Skioverall Gin Tonic und ließ taxierende Blicke durch den Raum schweifen. An den Briefkästen verschwanden die Namensschilder der ausländischen Besitzer und wurden durch Initialen oder Apartmentnummern ersetzt. Man hatte Angst, abgehört zu werden. In den Gesprächen ging es um die Abwertung des Franc, Pierre Mauroy und François Mitterrand (diese Drecksäcke, man sprach »Mittrrrand« mit grimmig rollendem R) und deren Arme-Leute-Politik. Franco erinnerte sich an das Silvesterfest 1981, als Chris in einem verrutschten Minikleid halb auf dem Tisch lag und vollmundig verkündete: »Also ich, ich hab die Sozialisten gewählt, ihr kotzt mich nämlich alle an.« Worauf sich ein betretenes Schweigen breitmachte. Franco musste lachen, ihm war Politik egal. Aber Édouard de Montaigne regte sich maßlos auf (»Zweitausend Francs in ausländischen Devisen fürs ganze Jahr? Was soll der Scheiß?«), und Franco hörte ihm zu und dachte sich, diese Geldbesessenheit rühre bestimmt daher, dass Édouard nie Taschengeld bekommen hat und all die Jahre Schokolade gegen Zigaretten oder ein paar Centimes tauschen musste. Patrick Saincère wirkte indes zunehmend nervös, seitdem er die Tochter eines Zeitungsmagnaten geehelicht hatte, die einem wild gewordenen Vögelchen glich. Die Heirat hatte wohl seine niederen Instinkte geschärft. In ihm brodelte es vor Wut, auf die Kellner, die Autofahrer, auf alles und jeden, und fast immer überkam ihn diese Wut, wenn er mit seiner Frau ausging. Sie hasste Crans-Montana und die Berge. Für Patrick Saincère waren sie so etwas wie ein letzter Zufluchtsort. Für die anderen auch, für Serge Chubowska, Roberto Alazraki, Daniel Vidal und all die anderen alten Freunde, die auf seltsame Weise ihren Vätern immer ähnlicher wurden.

Zu der Zeit schaffte Franco in seinem hellblauen Morris Minor auch haufenweise Geld über die Grenze, sein verlottertes Äußeres stellte die perfekte Tarnung dar. Die Zollbeamten, denen er zulächelte, winkten ihn stets durch, wenngleich sein braun gebranntes Gesicht einen gigolohaften Eindruck machte und er in einen Nebel von dichtem Zigarettenqualm eingehüllt war. Aber damals hatte ja quasi jeder, der die Grenze passierte, eine heimliche Ladung an Bord. Mit der Schweizer Seite – die als Grenzhäuschen dienende Holzbaracke schien geradewegs einem Märchen entsprungen zu sein – gab es nie Probleme, man hatte das Gefühl, es bereitete den Schweizern auch noch Vergnügen, doch auf französischer Seite waren die Beamten nervös, sie trugen Pistolen am Gürtel, es hieß, die Hunde seien auf das Aufspüren von Banknoten – nicht von Drogen – abgerichtet, vor allem Taxifahrer schmuggelten Geld über die Grenze, im Benzinkanister oder im Reservereifen. Die Italiener waren voll beladen, mit Zigarettenstangen, Hartkäse aus Savoyen, Walliser Obstbrand, allem Möglichen, nur um die Zöllner besser anlächeln zu können und vom Eigentlichen abzulenken.

Am liebsten holte Franco das Geld jedoch auf Skiern ab. Er verabredete sich mit seinen französischen Freunden auf einer Skihütte in Avoriaz, auf französischer Seite. Man aß gemeinsam ein Fondue, lachte exaltiert, Franco kippte ein Glas Gutedel hinunter, ging auf die Toilette und stopfte sich die Scheine in die Unterhose, die Socken und sämtliche Taschen seines Overalls. Anschließend schnallte er seine Skier an und wedelte in der Nachmittagssonne, die auf seine Gletscherbrille prallte, so elegant die Hänge hinunter, dass es den Mädchen, die sich auf ihre Skistöcke stützen mussten, bei herausgestreckter Brust den Kopf verdrehte.

Wenn er hoch oben auf den Pisten von Champéry die Grenze passierte, verspürte er jedes Mal einen Rauschzustand, eine Art Ekstase. Die Mädchen mussten irgendetwas merken. Sobald er in der Disko auftauchte, kamen sie an und umgarnten ihn wie Katzen. Er schlief jede Nacht mit einer anderen.

Aber manchmal kam er sich vor wie ein blanker elektrischer Draht. Zum Beispiel bei der zweiten Begegnung mit Claudia im Supermarkt: Er sah sie von weitem, vielleicht war die Entfernung sogar noch größer als beim ersten Mal – sie trug denselben Mantel, dieselben Stiefel –, doch diesmal hatte ihr Anblick eine vollkommen andere Wirkung auf ihn. In dem Moment, in dem er ihr (offenes) Haar erblickte, brach ihm der kalte Schweiß aus, im Nacken, am Rücken, und als er eine Zigarettenpause machte, bemerkte er einen nassen Fleck auf seinem T-Shirt, direkt über dem Bauchnabel.

Durch die wiederholten Begegnungen mit Claudia – er traf sie nun ständig, offenbar tat sie nichts anderes als einzukaufen – stellte er schließlich verwundert fest, dass die Symptome, die er verspürte, schwitzende Hände, Druck auf den Schläfen, ein Ausdruck seiner Wut waren. Sobald er sie sah, durchfuhr ihn eine Art Stromstoß, er wollte auf sie zugehen und irgendetwas machen, sie küssen oder schlagen, oder beides, doch dann zog sich etwas in ihm zusammen, er begrüßte sie frostig, in der Hoffnung, sie würde seine Reserviertheit für Gleichgültigkeit halten, doch sie schien das alles nicht zu bemerken, sie stand nur abwesend da und lächelte ihn an, so wie sie wohl jeden anderen auch angelächelt hätte.

Claudia war immer schwer zu greifen gewesen, aber als sie jung war, konnte man sich kaum etwas Aufregenderes vorstellen als einen Kinobesuch mit ihr. Beim Einlass hatte sie für gewöhnlich schlechte Laune, weil ihr das Kino zu voll war oder sie den Film eigentlich in Originalfassung sehen wollte – es wurden keine Originalfassungen gezeigt, aber Claudia ließ es sich nicht nehmen, darüber immer wieder aufs Neue enttäuscht zu sein, als hätte sich das eben erst herausgestellt –, doch in dem Augenblick, in dem Monica Vitti auf der Leinwand erschien, fasste sie mit ihren grazilen Kinderfingern Francos Hand, drückte sie, und während der Film sich auf ihren Augen widerspiegelte, zerriss es ihr jedes Mal das Herz.

Nach der Vorstellung musste man mit ihr stundenlang einzelne Szenen nachspielen, sie war nicht zu bremsen. Als Franco sie zu küssen versuchte, erwiderte sie zerstreut seinen Vorstoß, doch ihr Mund sprach mit der düsteren Stimme ihres Idols weiter die Szenen nach; in dem Moment hätte er alles dafür gegeben, sie retten zu dürfen, zur Not hätte er sie gar für den Rest ihres Lebens eingesperrt. Denn sie verschenkte ihr Herz mit unverbesserlicher Leichtigkeit, Franco sah sie zusammen mit den dämlichsten und blasiertesten Typen, die sie regelmäßig sitzen ließen.

Franco war es nie gelungen, mit ihr zu schlafen, aber er hatte es auch nicht richtig versucht, ihm schien, als wäre ihre Verbindung anderer Natur, als gäbe es zwischen ihnen so etwas wie ein mystisches Band, und außerdem war sie an Sex wohl sowieso nicht groß interessiert. Er war den Umgang mit Mädchen gewohnt, die ihm irgendwelche Zeichen gaben, aber Claudia gehörte nicht dazu:

Mädchen, die bei jeder Gelegenheit, etwa wenn sie in Après-Ski-Kleidung neben ihren Eltern in der Eingangshalle des Hôtel Beauregard standen, mit sinnlich geöffnetem Mund und halb geschlossenen Augen stumme Signale aussandten. Claudia tanzte Twist wie keine andere, sie hatte die schönsten Beine, die er je gesehen hatte, und unglaublich kleine Füße – er erinnerte sich, wie sie beim Schwimmen ihre Tennissocken abgestreift und er beim Anblick ihrer gebräunten, wohlgeformten Füße einen Schmerz verspürt hatte –, doch wenn man Claudia in die Arme schloss, wirkte sie geistesabwesend, betrachtete den Putz an der Wand oder irgendetwas anderes in der Ferne und wartete höflich, bis man aufhörte mit dem Quatsch.

Irgendwann hatte Claudia begonnen, mit allen möglichen Typen zu schlafen, und nun stand sie da wie ein fantastisch gekleidetes Gespenst und hatte dieses kleine Mädchen an der Hand, mit dem sie anscheinend wenig anzufangen wusste. Ihre Stimme war kaum wiederzuerkennen. Franco wünschte sich, dass sie tot war.

Er fühlte sich von ihr verraten, was ihn selbst extrem überraschte, hatte er doch Verständnis für Schwäche und Oberflächlichkeit. Aber sosehr er sich auch bemühte, sich selbst zur Vernunft zu rufen, es war zwecklos. Claudia wurde immer schöner, ihr Gesicht immer schmaler, wodurch die markanten Wangenknochen noch besser hervortraten. Bis sie sich die Haare schneiden ließ – einen locker gestuften Pagenschnitt mit Strähnchen, mit dem sie aussah wie eine umschwärmte Schauspielerin –, warum um Himmels willen machte sie so etwas? Gebleicht obendrein, es war dieses kalifornische Blond, das alle hatten. Im Sommer 1980 erkannte Franco sie fast nicht mehr wieder. In Bermudashorts saß sie im Golfclub auf der Terrasse und streckte die superschlanken, gebräunten Beine aus. Sie hatte die Augen geschlossen, das Gesicht der Sonne zugewandt, als Franco merkte, dass sie sich an der Nase hatte operieren lassen. Eindrucksvoll sah sie aus und entstellt, wenngleich alle meinten, dass Franco übertrieb, so sehr habe sie sich nun auch wieder nicht verändert.

Die Einladungen von Jacques Savrier schlug er meist aus – Claudia selbst lud ihn nie ein –, aber als er einmal am frühen Abend bei einer Gesellschaft im Chalet vorbeischaute, er wusste nicht recht, was ihn dorthin getrieben hatte, stand er nur rauchend auf dem Balkon und blickte gen Horizont, Schnee, so weit das Auge reichte, am liebsten hätte er sich darin eingraben lassen. Durch die Glasfensterscheibe betrachtete er die anderen Gäste, die dastanden wie in einer beleuchteten Auslage – die Frauen stark geschminkt in hautengen Kleidern, die Herren in Rollkragenpullovern; man bewegte sich nur von der Stelle, um den Gastgebern Jacques und Claudia zu folgen, er hielt eine Flasche Champagner in der Hand, sie steckte barfuß in einem magentafarbenen Kleid. Franco blickte sie einen Augenblick an, ihr Mund öffnete sich anlässlich eines künstlichen Lachens, und Franco – der sich seine Lederjacke an dem Abend wie eine Schutzhülle übergestreift hatte und dennoch schlotterte – kam erschauernd zu einer Erkenntnis: Claudia war verschwunden, sie war entweder tot oder ging im Blizzard draußen auf dem Golfplatz spazieren, vom Winde verweht. So wie das kleine, undankbare, nervenzerfetzende Mädchen auf wundersame Weise eines Tages plötzlich dem jungen Mädchen mit dem Feenhaar gewichen war, so wurde auch das junge Mädchen von einer typischen 80er-Jahre-Schönheit brutal verjagt. Franco verließ, ohne sich von irgendjemandem zu verabschieden, das Fest über die Terrasse und tauchte ein in die Nacht, während unter seinen Füßen der Schnee wie ein leises, hämisches Lachen knirschte.

Er pflegte weiter seinen unbekümmerten Lebensstil, genoss seine Freiheit, und selbst als sie 1986 plötzlich mit verschmierter Wimperntusche und bläulichen Flecken am Hals vor seiner Haustür stand, rührten ihre Augen, die wieder den wässrigen Grauton der Kindheit angenommen hatten, und ihre Tränen ihn nicht. Jacques Savrier sei verrückt geworden, erklärte sie, indem sie sich immer wieder verstört umblickte, als wäre sie von Sinnen, er habe versucht, sie zu erwürgen. Vielleicht war Franco im Zuge seiner Hochzeit mit Margerita Leopardi – einer befreundeten Italienerin, die er nur geheiratet hatte, damit sie die Schweizer Staatsbürgerschaft erwerben konnte, eine Gefälligkeit, für die sie ihn mit so großzügigen wie verschwenderischen Geschenken belohnte, ein Feuerzeug aus Silber mit eingraviertem Namen, eine Präzisionsuhr, schwer wie ein Goldbarren, Anzüge von Armani – hartherzig geworden. Oder vielleicht hatte die achtmonatige Entziehungskur in New Mexico – Steine und Staub, so weit das Auge reichte – seinen Horizont leicht eingeengt und seine romantischen Adern gekappt, vielleicht war ihm nicht nur der Geschmack an synthetischen Drogen, sondern auch der am Leben abhandengekommen. Er blieb vollkommen unbewegt, er war nicht einmal innerlich berührt, und als sie versuchte, sich an ihn zu klammern und ihn zu küssen – der Lippenstift verteilte sich übers ganze Gesicht, man hätte meinen können, sie litt an einem ordentlichen Sonnenbrand –, stieß Franco sie heftig zurück, viel heftiger, als er eigentlich wollte. Er machte ihr einen großen Becher Kaffee, legte ihr ein Schultertuch um, verließ das Zimmer und rief Jacques Savrier an.

Wenn ein Freund aus Paris, Daniel Vidal oder Serge Chubowska, mit einem Augenzwinkern oder fragenden Lächeln Claudia erwähnte, was gelegentlich, jedoch immer seltener vorkam, reagierte Franco trotzig, seine Gesichtszüge verhärteten sich. »Die Sache ist für mich erledigt«, sagte er dann.

Im Januar 1988 wurde er eines Morgens tot aufgefunden, zusammengekrümmt und mit nacktem Oberkörper hing er zu Hause über der Klobrille, sein Gesicht wirkte erstaunlich friedlich. Die Todesursache blieb ungeklärt, aber wahrscheinlich wollte man es gar nicht so genau wissen. Die letzte Zeit seines Lebens hatte er fast ausschließlich im Café verbracht, wo er verkündete, arbeitsunfähig oder in den Ruhestand getreten zu sein, er sprach über die spirituelle Erweckung der Menschheit, doch am Ende brachte niemand mehr die Geduld auf, seinen Ausführungen zu lauschen.

Nie zuvor waren in Crans-Montana so viele Leute bei einer Beerdigung gewesen, die Frauen weinten hemmungslos und putzten sich geräuschvoll die Nase, eine beachtliche Autoschlange bildete sich, und der ein oder andere Fahrer hupte laut wie ein berauschter Jugendlicher nach einer Party. Alle hatten eine Anekdote preiszugeben, die unterstrich, wie sehr sie mit Franco Rossetti befreundet gewesen waren, und die Damen betranken sich mit Punsch aus Plastikbechern – man musste des Öfteren Neuen holen. Sie behaupteten, sie haben mit Franco geschlafen, während Margerita Leopardi unter Tränen lächelte und in einem durchsichtigen, schwarzen Hosenkleid belegte Brötchen reichte.

Einzig Claudia war ihm bis zum Schluss erschienen, nachts, in Träumen, aber mitunter auch tagsüber, wenn alles im Nebel versank. Dann schwebte ein junges blondes Mädchen mit Flügeln auf einer weißen Staub- oder Puderwolke, Kristalle funkelten, und die in Licht getauchte Gestalt im Nachthemd schob eine Glasfensterscheibe zur Seite, bevor sie sich im Schnee verflüchtigte.

CHRIS

Die 80er-Jahre waren so etwas wie eine einzige lange Nacht gewesen (die so flüchtig war wie ein smaragdgrüner oder kraftwerkblauer Wimpernschlag), und wenn Chris an sie zurückdachte, fiel ihr stets derselbe Abend ein. Sie sah die Bilder ganz deutlich vor sich, sie waren fast zum Greifen nahe. Dabei hatte es doch auch so viele andere Abende gegeben, Maskenbälle, feuchtfröhliche Feste, exzentrische Silvesterpartys und Weihnachtsfeiern, die am frühen Morgen im Schnee endeten; die Schlitten schwankten und kippten irgendwann um, man veranstaltete mit letzter Kraft noch eine Schneeballschlacht und stopfte sich gegenseitig eine Ladung Pulverschnee in den Hemdkragen oder den zu weiten Ausschnitt. Die Flocken schmolzen auf den geschminkten Lippen dahin.

Doch wenn Chris an die irrsten Jahre ihres Lebens zurückdachte, an die Zeit, in der ihre Fingernägel lang und ihr Lebensdurst groß waren, als hätte sie gewusst, dass diese Ära vorübergehen und sich alles eines Tages in nichts auflösen würde, dass nur das Gefühl des Verlusts blieb, wie bei der Schneeschmelze, wenn der Erdboden sich in eine Matsch- und Kieselsteinsuppe verwandelte, jedes Mal, wenn sie sich diese Zeit ins Gedächtnis rief, kam ihr die afrikanische Mottoparty bei Jacques Savrier und Claudia am 31. Dezember 1982 in den Sinn.

Wie war überhaupt das Leben davor gewesen?, fragte sie sich manchmal. Das Leben vor dem Ruin. Vor dem Abend, der alle Zukunftshoffnungen ausgelöscht hatte.

Aber so dachte sie selten, nur wenn sie getrunken hatte, nur wenn sie schweißgebadet mitten in der Nacht aufwachte und die finstersten Gedanken plötzlich unkontrolliert an die Oberfläche drangen.

Chris hatte den ganzen Tag in Paris zugebracht, wo sie sich von einem Maskenbildner aus der Filmbranche, den sie nach mehrtägiger Recherche aufgespürt hatte, von Kopf bis Fuß schwarz anmalen und die Haare flechten ließ, unzählige feine, pflanzenfaserartige Zöpfe. Anschließend war sie mit ihrem Mann George nach Genf geflogen. George hatte sich einen Kolonialhelm aufgesetzt – sie erinnerte sich an die ungläubigen Gesichter der anderen Passagiere, die George und sie zum Lachen gebracht hatten, und es war seltsam, dass sie sich ausgerechnet an diesen Kolonialhelm und dessen zu engen Riemen so genau erinnerte, von dem George hinterher einen dunklen, unheimlichen Streifen am Hals hatte, da sie die Zeit mit George ja beinahe komplett vergessen hatte. Seltsam, wenn sie bedachte, dass ihre Kinder von ihm waren, aber eigentlich musste sie zugeben, dass ihr diese Kinder, die unter einem kalten Schleier der Unnahbarkeit aufwuchsen, auch fremd waren.

Die schwarze Schminke hatte Spuren auf dem cremefarbenen Leder der Mercedes-Rückbank hinterlassen. Sie erzählte gern diese Geschichte, wie sie ganzkörperbemalt im Taxi das gesamte Land durchquert hatte, was in jenen von Paranoia geprägten Zeiten im Grunde ein unmögliches Unterfangen gewesen war, erzählte mit fieberhafter Herablassung von jener Zeit, in der man Eleganz zur Schau stellte, indem man sich amüsierte. Doch nachdem ihre Tochter bei Tisch einmal »Na ja, anscheinend hattest du jede Menge Zeit für solchen Schwachsinn« gemurmelt und dabei die überlegene Miene gemacht hatte, die sie auszeichnete, seitdem sie der trügerischen Schale der Kindheit – ach, diese süßen Ohrringe! Die kleinen Händchen, die sich abends im Bett nach der Mutter ausstreckten, um ihr einen Kuss abzuluchsen – entschlüpft und ein ständig überreiztes Mädchen geworden war, hatte Chris aufgehört zu erzählen.

Das Chalet hatte sich in einen Dschungel verwandelt, und wenn Chris sich erinnerte, wie sie einmarschiert war in ihrer türkisfarbenen Seidentunika, unter der ihre schwarze Haut durchschimmerte, wurde sie melancholisch und spürte einen metallischen Geschmack im Mund. Der Salon strotzte nur so vor saftigen Pflanzen, vor Gummibäumen, Palmen mit sonnenschirmgroßen Blättern, unter denen junge Frauen glucksten, während die Scheinwerfer auf den Schnee hinter der Glasfensterscheibe gerichtet waren. In schwüler, rauchgeschwängerter Atmosphäre drängte sich eine verrückte Meute schäkernd auf den Kanapees. Es bot sich ein unerhörtes Bild, der Glanz des Dekadenten. Ober in weißen Livrees huschten vorüber, Silbertabletts tanzten durch die Luft: bestückt mit Kaviar – natürlich, es gab immer Kaviar, Berge von Kaviar, die man mit dem Suppenlöffel verschlang, Claudia war ganz versessen auf Kaviar –, Foie gras und bunt schimmernden Cocktails. Chris erinnerte sich, ein Gefühl von Freude und Unsterblichkeit erfüllte sie. Als sie im großen

Kaminspiegel ihr eigenes Bild sah, hielt sie einen Moment überrascht inne und betrachtete voller Bewunderung die dunkle Schönheit mit den gläsern glänzenden Augen. Sie hatte sich immer gewundert, wenn sie ihrem Spiegelbild begegnete, den hohen Wangenknochen, den leicht herabhängenden Lidern, das war kein Teenager mehr, das war eine Frau, doch ihre Verwunderung währte nicht lange, sie brauchte nur zu lächeln, und schon fand sie den Ausdruck ihrer frühen Jugend wieder, diese gierige Unschuld. Sie wähnte sich in Sicherheit, obwohl sie den Reisepass, wie ihre Eltern es ihr beigebracht hatten, jederzeit griffbereit in der Tasche hielt und dies auch bis ans Ende ihrer Tage so sein würde. Sie hatte das Gefühl, ihr Leben stand an einem Wendepunkt, es war im Begriff, ins Großartige, Unfassbare umzuschlagen, in etwas, das süß war wie ein Champagnerrausch. Alles schien möglich, absolut alles.

Sie sah Jacques Savrier im Söldnerkostüm vor sich, die Tarnweste, den um den schlanken Oberkörper geschlungenen Patronengurt, die Spiegelbrille, die seine Augen verbarg. Sie erinnerte sich an einen stämmigen Mann mit einer Leopardenmütze, es handelte sich um den kongolesischen Diktator Mobutu Sese Seko, der einen Stoffaffen an der Leine führte. Eine Schwarzafrikanerin mit bleistiftdünnen Beinen, *eine echte Schwarze!*, im Pantherlook klebte an der matten Fensterscheibe und starrte auf die Bergwelt in der Ferne. Charlie hatte sich einen Pareo von Eres um die Hüften gewickelt, sie ging barfuß und trug rote Weihnachtsbaumkugeln als Ohrringe, in denen sich verzerrte Gesichter, riesige Münder und glänzende Augen spiegelten. Ihr offenes, langes Haar fiel herab bis zum Po, sie weigerte sich wie ein kleines Kind, zum Friseur zu gehen, lächerlich!

Und dann war da natürlich noch Claudia. Chris vergötterte Claudia, mit der sie gelacht hatte, wie sie nie zuvor mit jemandem gelacht hatte, und deren Schönheit einem förmlich den Atem raubte. Chris neigte normalerweise nicht zur Eifersucht, aber wenn sie mit Claudia unterwegs war, spürte sie den Stachel des Neids, der sich in ihre Seite oder den Unterleib bohrte, sogar wenn sie gemeinsam während eines Dinners aufstanden und sich wie hysterische Teenies aufs Klo verdrückten, wo sie sich Schmetterlinge um die Augen malten, Glitzer-Lidschatten auftrugen oder sich die Lippen blutrot schminkten, obwohl sie sich doch eigentlich perfekt ergänzten, die dunkelhaarige Chris mit den schwarzen Augen und die blonde, blauäugige Claudia. Das Gefühl hielt nicht lange an, es war nur ein Schatten, der sich nach einem kurzen Zittern, einem Wimpernschlag wieder verflüchtigte, doch es schmeckte nach Gift. Chris fürchtete sich vor jeder Gesellschaft im Archaeopteryx. Sie zog sich tausendmal um, probierte ein Kleid nach dem anderen, während ihr Gehirn ratterte und es ihr so vorkam, als liefen ihre Bewegungen, die tatsächlich immer ruckartiger und unkoordinierter wurden, in Zeitlupe ab. Gereizt verscheuchte sie ihre Kinder – diese kleinen Wesen im Pyjama zermalmten den anderen Teil ihres Herzens. Nichts konnte sie beruhigen.

Jacques Savrier und Claudia faszinierten alle. Ihr eindrucksvolles Chalet, die schicken Autos, das viele Geld natürlich, das sie mit erstaunlich erhabener Selbstverständlichkeit zum Fenster hinauswarfen, so als könnte ihnen überhaupt nichts geschehen, als läge die Welt ihnen zu Füßen. Ihr Lebensstil verhieß eine goldene Zukunft, daneben wirkten all die wohlerzogenen bürgerlichen Familien mittelmäßig und trübselig, und selbst die Italienerinnen, die sich auf der Piste mit silbernen Overalls und Strassstirnbändern präsentierten, muteten plötzlich wie geschmacklose, billige Barbarellas an. Jacques Savrier und Claudia fuhren im fürstlichen, metallisch blauen Rolls-Royce mit grauen Sitzen vor, der im Schnee leicht ins Schlingern geriet und daher einigermaßen fehl am Platz war. Im Februar 1983 kam es zum heftigsten Schneesturm des Jahrzehnts, eine Woche lang schneite es fast ohne Unterbrechung, und Crans-Montana schien von den Schneemassen verschluckt und von der Landkarte ausradiert zu werden. Die Gemeindeverwaltung schickte umgehend eine Pistenraupe, die den Zufahrtsweg zum Archaeopteryx räumte, während die anliegende Straße zum Golfclub, zur Eissporthalle und zur Ferienwohnung Rainbow tagelang unpassierbar blieb, ohne dass es jemand zu kümmern schien. Zwanzig Jahre später hatte Chris das Bild von Jacques Savrier, der die Kaufleute aus dem Ort im Smoking empfing, noch immer vor Augen, und sie erinnerte sich an die lebenden Langusten und den Hummer, die in mit Meerwasser gefüllten Plastikwannen hereingetragen wurden. Die Händler nannten Jacques Savrier beim Vornamen, und es hieß, Catherine Weber, die Besitzerin des Hôtel Alpissima, habe sich aus unerwiderter Liebe zu ihm das Leben genommen. Sie wurde tot im Kühlraum ihres Hotels aufgefunden, wo sie sich eingeschlossen hatte; das *Journal de Sierre* veröffentlichte ein Foto von ihr, auf dem sie mit angezogenen Knien und bereits blau angelaufenem Gesicht im Pelzmantel am Boden kauerte, Chris hatte dieses Foto in die Nachttischschublade gesteckt und aufbewahrt, die Haare von Catherine Weber erinnerten sie an das Fell eines ausgestopften Tiers. Niemand wollte ein Fest von Jacques Savrier verpassen, man sah Geschäftsmänner mit der Zigarre im Mund, die wie kleine Jungen beim Anblick der neuen Lautsprecherboxen oder des CD-Spielers vor Entzücken ganz außer sich gerieten, verblüffend! Jacques liebte es, Claudia ausgefallene Accessoires zu schenken. Er holte, vorzugsweise beim Apéritif, mit einer lässigen Geste plötzlich eine rote Schmuckschatulle von Cartier oder eine blaue von Bulgari hervor, warf sie auf den Tisch, und da war er wieder, der Stachel des Neids, der sich in Chris' Unterleib bohrte. Einmal, als er Claudia eine tonnenschwere, mit Diamanten und Rubinen besetzte Goldchemisette überreichte, die sogleich staunend herumgereicht wurde, glaubte Chris, auf der Stelle in Ohnmacht zu fallen. In diesen funkelnden Edelsteinen spiegelte sich ihre Niederlage wider, sie sah sich um, die anderen Gäste lächelten trotz der Demütigung tapfer weiter und gossen sich das nächste Glas Champagner ein, doch Chris verspürte den plötzlichen Drang, sich von George zu trennen, sie stand auf, packte ihren Mantel, dachte gar nicht daran hineinzuschlüpfen, sondern warf ihn sich kurzerhand über und verließ das Chalet.

Chris erinnerte sich, auf der afrikanischen Mottoparty hatte Claudia eine Hemdbluse, zerrissene Jeansshorts und eine Halskette getragen. An ihrem Ringfinger glitzerten zwei fünfkarätige gelbe Diamanten, als hätte sie es einfach nicht übers Herz gebracht, sie abzunehmen. Fast zehn Jahre sollten vergehen, bis Chris endlich klar wurde, dass an dem Abend etwas zu Ende gegangen war, dass der Wahnsinn sich ausbreitete wie eine Champagnerlache, als Claudia vor ihren Gästen über den Teppich kroch und irgendwann liegen blieb, nachdem ein Mann im Safarihemd so getan hatte, als hätte er sie mit einer Plastikkalaschnikow niedergeschossen. Ihre zehnjährige Tochter Valentina stand im Blümchenschlafrock dabei und lächelte unter einer Löwenmaske; sie durfte ihrer Mutter mit vor Aufregung oder Liebe glühenden Wangen die Zigaretten anzünden. Wenn Claudia sie gelegentlich von ihrer Muratti ziehen ließ und ihr anschließend sanft übers geflochtene blonde Haar strich, machte Valentina ein versteinertes Gesicht. Ihr rätselhaftes Lächeln war schon nicht mehr das eines Kindes – doch sie legte artig die Hände auf die Schenkel und drückte die Knie aneinander.

Fast fünfzehn Jahre später war Chris noch einmal in sich gegangen. Was hätte sie tun können? Hatte sie nicht ganze Nachmittage im Chalet verbracht und darauf gewartet, dass Claudia endlich aus dem Bett kam und ihr im Salon Gesellschaft leistete? Doch Claudia kam nie. Sie ließ sie einfach zusammen mit dem Whisky trinkenden Jacques in bedrückender Stille vor dem Fernseher sitzen. Sie rief danach nicht einmal an. War sie nicht die Einzige gewesen, die unverblümt weitergelächelt hatte an dem Weihnachtsabend, an dem Claudia stündlich verschwunden war, um sich umzuziehen? Zuerst hatte sie ein langes, absurdes Faltenkleid angezogen, anschließend ein rotes von Valentino, dann das gleiche in Schwarz. Die willenlosen Gäste wirkten peinlich berührt und warfen sich verstohlene Blicke zu. Chris war die Einzige gewesen, die Claudia in die Augen gesehen und ein Lächeln angedeutet hatte, während ihre Zigarette langsam herunterbrannte. Und als Claudia sich mit nicht einmal fünfunddreißig Jahren die Nase korrigieren, Brust und Lider straffen ließ, da hatte Chris so getan, als wäre überhaupt nichts gewesen, sie fand Entschuldigungen für Claudia, so wie sie auch Entschuldigungen für sie gefunden hatte, als Claudia in drei oder vier aufeinanderfolgenden Jahren ihren dreißigsten Geburtstag gefeiert hatte und andere, weniger komische und nicht ganz so spektakuläre Frauen nicht von der deplatzierten Frage ablassen konnten, wie alt sie denn eigentlich sei.

Es war die Zeit, in der Charlie anfing, alles so furchtbar ernst zu nehmen. Mit tief gerunzelter Stirn stand sie da, machte eine verdrießliche Miene und begutachtete die Leute. Sprach man sie an, weil man sich etwa erkundigen wollte, was es Neues gebe, oder weil man sich höflich bemühte, sie ins Gespräch einzubinden, starrte sie einen kurz an, als könnte sie es nicht fassen, dass man solch eine geistlose Bemerkung angestellt hatte. An einem Silvesterabend im Steakhaus stand sie mit einer melodramatischen Geste, die vollkommen untypisch für sie war, vom Tisch auf und kippte ihren Stuhl um – sie war als Einzige im Hosenanzug erschienen, als ginge sie zu einem Vorstellungsgespräch, ausgerechnet Charlie, die noch keinen Tag ihres Lebens gearbeitet hatte. Plötzlich stand sie auf, unmittelbar nachdem Jacques Savrier der Runde »ein Jahr mit maximalen Profiten« gewünscht hatte. Chris brach in Gelächter aus, dabei war ihr weiß Gott viel mehr danach, Charlie mal so richtig eine zu scheuern.

Wie immer starrte Charlie die anderen mit großen, weit aufgerissenen Augen an. Es hieß, sie nahm Heroin, vielleicht, weil sie häufig einen zerstreuten Eindruck machte. Manchmal verdrückte sie sich während des Essens und verschwand so lange auf der Toilette, bis man sie tatsächlich vergessen hatte. Sie schminkte sich immer weniger, wirkte wie ein frommes kleines Mädchen, und auch wenn sie gelegentlich, verdeckt von ihren Haaren, die sie wie ein Schutzwall umgaben, mit anmutigen Schritten und geschlossenen Augen tanzte, wagte niemand mehr, auf sie zuzugehen. Seitdem sie sich von diesem italienischen Schauspieler, dem man nachsagte, er sei homosexuell, schnell und unerwartet hatte scheiden lassen, schien sie dem Leben abgeschworen zu haben. Zwar behauptete sie, total glücklich zu sein, doch es geschah immer häufiger, dass sie bei einem Dinner plötzlich Nasenbluten bekam, wie früher, wenn ihr ein Junge etwas zu nahe trat. Auf einmal war da ein dunkler Tropfen auf ihren Lippen, Charlie blieb reglos sitzen, man hätte denken können, sie verließ gerade ihren Körper. Der Junge hielt ihr eine Serviette oder einen Hemdzipfel hin, doch sie bemerkte es gar nicht, ihr Blick war in eine ferne Dimension gerichtet, während ihr Kummer sich wie ein mächtiger schwarzer Strom in ihr ergoss.

Es hatte sich ja angedeutet, dachte Chris in den Tagen danach, in denen sie sich im Schlupfkleid oder auch im goldenen Blazer, den sie sich in einem Anflug von vorgetäuschtem Elan angezogen hatte, im Bett zusammenrollte und nun selbst nicht mehr aufstand, es hatte sich ja angedeutet.

Sie erinnerte sich an einen anderen Abend, sie waren im *Pacha*, einem Nachtclub in Crans-Montana. Alles Nennenswerte ereignete sich damals nachts auf irgendwelchen Partys, die übrige Zeit verging monoton, ohne Konturen, die übrige Zeit schienen sie überhaupt nicht zu existieren. Es war Sommer 1984, Chris hatte an dem Abend Kokain geschnupft, was eigentlich so gut wie nie vorkam, doch irgendjemand hatte das Zeug auf den Tisch gestreut, zwischen die Flaschen, auf denen mit schwarzem Stift ihre Namen gestanden hatten – wie früher –, und Chris hatte eine leidenschaftliche, wirklich leidenschaftliche, und sehr vertraute Lust auf pralles Leben und vielleicht auch auf Auflösung verspürt. Doch ihr wurde von dem Stoff sofort schlecht, sie dachte, sie müsse sich gleich übergeben. Giovanni saß bei ihr, er war wunderschön, aber vollkommen abgemagert. Wie gewöhnlich machte er nicht den Eindruck, als wäre er empfänglich für ihre Reize, anscheinend interessierte er sich nur noch für Drogen, aber immerhin machte er mit seinen langen Beinen Platz und ließ sie mal kurz durch.

Er verkaufte damals Diamanten und Luxusuhren zwielichtiger Herkunft. Bei jeder Gelegenheit zauberte er sie im Stile eines aparten Dealers aus den Ärmeln seiner umgedrehten Lammfelljacke hervor, daneben musste einem George zwangsläufig alt und fett erscheinen. Chris fiel der Tag am See wieder ein, sie sah die undurchsichtige Wasseroberfläche vor sich, hörte das Flüstern des Windes im Schilf, das wie eine spöttische Stimme klang, und sie spürte, wie sich Algen um ihre Beine schlangen, sie nach unten zogen, sie wehrte sich, hatte jedoch keine Chance, sie glitt hinab in die Tiefe. Sie war hinausgegangen an die frische Luft, drinnen hatte sie das Gefühl gehabt zu ersticken, und als sie zusammengekauert hinter einem Auto saß, erkannte sie von weitem Charlotte, die in den Armen einer Frau lag, ihr Mund war in den Haaren dieser Frau und die Hand unter ihrem Rock, ein Wagen bremste ab und blendete Chris mit seinen gelben Scheinwerfern, dann waren die beiden verschwunden in der Nacht, verschmolzen mit der Dunkelheit. Chris spürte die Kälte an ihren Beinen, die aufstieg bis in ihren Unterleib.

Es kam schon noch vor, dass sie sich zu dritt trafen, wie früher, sie verabredeten sich zum Beispiel, um sich gemeinsam für eine Feier hübsch zu machen, sie drängten sich in einem Badezimmer zusammen, eingehüllt in eine

Nagellackwolke, malten sich im Überschwang Totenköpfe auf die Wangen, trugen Lippenstift mit dem Pinsel auf, beugten sich über den Spiegel, als wollten sie ihn küssen, und ihre goldbraun schimmernden Gesichter nahmen Gestalt an. Zur »Saloon-Party« steckten sie sich Geldscheine in die Dekolletés ihrer mit Pailletten bestickten Bodysuits, zu denen sie Strümpfe und Pumps trugen, sonst nichts. Zu Silvester 1983 hatten sie in Abendkleidern und Moonboots ein Iglu vor dem Chalet gebaut – sie blieben stundenlang draußen, es schneite, Claudia kippte Wasser über die Schneehütte, der Reißverschluss ihres Kleids sprang auf, am Ende waren sie patschnass. Mit roten Bäckchen hatten sie Dom Pérignon aus der Flasche getrunken, ihre Lachsalven schallten durch die Nacht.

Sie hatten ihre Geheimnisse voreinander, und so bildete sich eine Art Blase zwischen ihnen, die ein Serum voller Bitterkeit und Reue enthielt und bei all der Energie, die sie umgab, langsam aufzuplatzen drohte. Nachdem auch Chris schließlich kapituliert hatte und das Leben fast von einem Tag auf den anderen zu Ende zu gehen schien – als hätten sie nach einer Feier plötzlich Kopfweh bekommen, das einfach nicht mehr aufhören wollte –, kam es ihr so vor, als hätte sich ihre Jugend wie eine Brausetablette in Wasser aufgelöst, sie hatte zugesehen, wie unzählige Bläschen blubbernd und sprudelnd an die Oberfläche emporschossen, ein sprühendes Feuerwerk, und dann war's plötzlich vorbei.

Ihre Hochzeiten waren ähnlich verlaufen, die Hochzeiten von allen dreien. Wie im Traum, alles wirkte zugleich fremd und vertraut, doch sie waren nur Statisten oder schemenhafte Rauchgebilde. Chris dachte oft an ihre Hochzeit, wenn sie in ihrem Bett lag, das nun ihre Welt war, ihr Schiff, ihre Insel, sie hatte eine Schachtel rote Marlboro und das Telefon auf dem Kopfkissen platziert, den heißen Draht der Hoffnung, es könnte ja jemand anrufen, geschaffen für Mädchen, die sich danach sehnten, sich an der starken Schulter eines Bruders auszuheulen.

Sie hätte nicht sagen können, warum sie geheiratet hatte, vielleicht, weil alle Frauen etwas von George wollten und auf der Tanzfläche im *Rex*, Rue de Trévise, wohin er sie ausführte, ständig irgendeine Dunkelhaarige mit langen Beinen um ihn herumschwirrte. Er küsste sie mitten auf der Straße, fragte: »Treffen wir uns morgen?«, und Chris ließ sich treiben wie ein Blatt im Wind. In seinem weißen Alfa Romeo Giulietta entkleidete sie sich schließlich – das Gefühl ihres nackten Hinterns auf dem Ledersitz hatte sie nie mehr vergessen.

Als sie im Morgengrauen nach Hause kam, erkundigte sich niemand, wo sie gesteckt hatte. Obgleich ihr aus dieser Zeit im Grunde wenig im Gedächtnis geblieben war, sah sie sich zwanzig Jahre später immer noch im Dämmerlicht mit den Schuhen in der Hand durch die beiden Wohnzimmer tippeln, und dann fielen ihr auch plötzlich die entzückenden Mädchen auf den Schwarz-Weiß-Fotos wieder ein, die Lockenköpfe hatten wie sie und ihr aus silbernen Rahmen heraus Blicke zuwarfen – von weitem wirkten diese Blicke finster und anklagend, doch wenn man näher kam, erkannte man, dass sie sanft und wohlwollend waren. Diese Fotos in den kunstvoll gearbeiteten

Rahmen waren schon immer da gewesen, doch Chris hatte sie nie angesehen, es war eine ganze Armee von Mädchen. »Ja, das bin ich mit meinen beiden Cousinen«, hatte ihre Mutter einmal zu ihr gesagt, in einem unbestimmten Ton, der aus weiter Ferne zu kommen schien. Nie erwähnte Mara Breitman gegenüber ihrer Tochter auch nur die Namen dieser beiden Cousinen. Wenn vom Krieg gesprochen wurde, spürte Chris jedes Mal eine panische Angst, eines Tages würde man ihr Fragen stellen, auf die sie keine Antwort wusste. Sie hatte so ein dunkles, diffuses Gefühl, und die Augen der namenlosen Mädchen erschienen ihr nachts im Traum. Sie schlugen mit den Wimpern und murmelten seltsame Worte, die wie zerknittertes Papier klangen.

»Wir sind weg, und doch sind wir noch immer da ... Du hast keine Vergangenheit, und keine Zukunft. Keine Vergangenheit, und keine Zukunft. Keine Vergangenheit, und keine Zukunft. Keine Vergangenheit, und keine Zukunft ...«

Bei Claudia war es ähnlich: Ganze Teile ihres Lebens hatten sich aufgelöst. Auf einmal tauchte sie an der Seite von Jacques Savrier auf, den sie bei einem Dinner in Crans-Montana kennengelernt hatte. Er war Diplomat und wohnte in Genf, basta! Mehr hat nie jemand gefragt. In einem spektakulären grünen Kleid hat ihn Claudia 1975 geheiratet, auf einer Wiese am Ufer des Genfer Sees. Chris erinnerte sich, das Kleid schleifte wie der Trieb einer Pflanze, wie eine wuchernde Alge über den Boden. Claudia trug einen lockeren Dutt, und ihre kleine blonde, damals vierjährige Tochter hatte vor versammelter Gästeschar Jacques Savrier »Papa« genannt, wobei die Gäste lächelten und den Kopf hin und her wiegten. Champagner trinkend billigten sie, so der Eindruck, dass man hier auf dieser nassen Wiese der Vergangenheit das letzte Geleit gab. Chris spürte die Feuchtigkeit dieser Wiese, wenn sie daran zurückdachte, und sie hörte auch die markerschütternden, geradezu makabren Schreie der Möwen, doch sie hätte nicht sagen können, ob sie diese Schreie tatsächlich vernommen oder ob sie das alles mit der Zeit hinzuerfunden hatte.

Charlies Hochzeit war noch gespenstischer, sie zeigte bei ihrer Rückkehr aus der Toskana einfach einen goldenen Schlangenring und ein Foto vor. Auf diesem Foto war ein lächelndes, braun gebranntes, weiß gekleidetes Brautpaar zu sehen, aber die Sonne war dabei so grell, dass die beiden Gestalten sich wie Geister im Himmel aufzulösen schienen. Ihr Mann Angelo Venturini – niemand oder so gut wie niemand sollte sich recht lange diesen Namen merken – war wieder abgereist, da er in einem Film von Dario Argento mitwirkte, *Suspiria* oder *Profondo rosso*, allerdings tauchte sein Name später im Abspann gar nicht auf. Charlie war jedenfalls zurück in Crans-Montana, verheiratet und einsam.

Als sich nach einigen Monaten die Gerüchte darüber mehrten, was ihr Mann so alles trieb mit seinen sogenannten Assistenten, verschwand der Schlangenring von einem Tag zum andern, und alle taten so, als hätten sie die Geschichte von der Hochzeit bereits wieder vergessen. Charlie ließ sich die Haare schneiden, und Chris sah darin ein Zeichen von Resignation oder den Anschein eines Witwendaseins. Als gäbe es nun keinen Grund mehr für sie, sich mit dem Leben abzugeben.

Dabei hatten sie grandiose Jahre gehabt, Jahre, in denen Männer Nebensache waren und die Vergangenheit von etwas anderem verschleiert wurde, von etwas Großem, Schönem, Leuchtendem. Bei der afrikanischen Mottoparty lag eine Spannung in der Luft wie vor einer großen Flut oder einer Revolution.

Bis auf ein paar Typen im Pullover und eine Blonde in hellila Cordhose waren alle besoffen, und alle hatten sich als Schwarze verkleidet. Chris liebte das Gefühl, die Leute nicht zu erkennen. Sie tanzte mit einem Zigarillo rauchenden Massai, dessen Eleganz sie vollkommen verwirrte, doch das mochte auch am Champagner liegen. Diese Partys liefen alle nach dem gleichen Schema ab, überbelichtete Szenen gingen in Nebel über, der Ton war gedämpft, der Kopf ausgeschaltet. Im Nachhinein konnte man sich leicht einreden, Dinge, die man schlicht vergessen hatte, haben nie stattgefunden. Außerdem, wen kümmerte das schon, ob sie stattgefunden hatten?

Seltsamerweise erinnerte sie sich noch sehr deutlich an den Moment, in dem der Massai ihr eine Zigarette angeboten hatte. Er lächelte wie ein Kind, und vielleicht, dachte sie sich hinterher, war dieses Lächeln an allem schuld. Sie hatte den Mann nicht wiedererkannt, obwohl er noch nicht einmal maskiert war. Er trug ein elegantes Hemd und eine maßgeschneiderte Hose, die Haare waren nach hinten gegelt und geföhnt. Der amüsierte Ton, den er anschlug, passte nicht recht zu seinen Blicken:

»Ich bin Serge Chubowska. Erinnerst du dich noch an mich?« Mit seinem goldenen Feuerzeug, das sie ihm dann klaute, gab er ihr Feuer, und sie dachte sich: ein Damenfeuerzeug. Als sie später im Bett lag, zündete sie das Feuerzeug in einem fort an und starrte wie hypnotisiert in die Flamme. Die Wände kamen immer näher und schienen Chris unter sich zu begraben.

Fürs Erste fühlte sie sich geschmeichelt, Serge Chubowska sah viel besser aus als früher, sie hatte das verschwommene Bild eines affektierten Knaben vor Augen, doch das mochte daran liegen, dass er Chris nicht wichtig gewesen war. Nun war er zu einem Mann mit Tränensäcken unter den Augen und eingefallenen Wangen gereift, zu einem Mann, der Leid erfahren hatte. Er redete ganz aufgeregt, beschrieb mit verblüffender Genauigkeit die Kleider und Accessoires ihrer Jugend. Er erinnerte sich an alles: »das Zigarettenetui aus Zinn, das Bernstein- oder Plastikarmband, die weißen Stiefel mit den Fransen.« Chris lachte und freute sich, was für eine nette Überraschung; auf seine flehenden Blicke und die Frage: »So richtig erinnerst du dich aber nicht an mich, oder?«, hatte sie allerdings keine rechte Antwort parat und fühlte sich schuldig.

»Aber natürlich, Serge, natürlich erinnere ich mich an dich«, erwiderte sie kokett. Ihr helles, abruptes Lachen schien gar nicht ihr zu gehören, vielleicht gehörte es ja einem anderen Mädchen, das ihr über die Schulter schaute.

Als Chris sich später, viel später fragte, wie es so weit hatte kommen können, warum sie so apathisch geworden war – man bezeichnete ihren Zustand als »nervöse Depression« –, fiel ihr immer wieder diese unbedachte Szene ein, die vor ihren Augen ablief wie ein Film in Zeitlupe. Sie sah auch den in einen exotischen Strand verwandelten Salon vor sich, in dem Charlie, Claudia und sie getanzt hatten. Claudia hatte ihre schwarze Perücke abgenommen, das blonde Haar stach scharf von ihrer schwarz bemalten Haut ab, und Chris bewegte sich barfuß mit lackierten Nägeln zum italienischen Diskosound. Die Zeit kam ihr vor wie ein einfältiges, schlaffes Gummiband. Einfältig auch die Gäste, die dummes Zeug schwafelten und sich dann nebst einem griffbereit platzierten Plastikeimer mal kurz im Schlafzimmer niederlegten, demselben Plastikeimer, den man auch zum Schneemannbauen verwendete. Einfältig der Bankier in Militäruniform – ein Geschäftsfreund von Jacques –, der ein rosiges, mit Theaterblut beschmiertes Baby im Arm hielt. Er durfte sich der Wirkung seiner Worte sicher sein, wenn er erwähnte, dass Kaiser Bokassa sich ausschließlich von Säuglingsblut ernährte, eine Wirkung, die er vorzugsweise an hübschen Frauen ausprobierte, die wiederum nach einem Moment der Sprachlosigkeit ein zartes Gelächter anstimmten, erfrischend wie ein Wasserschwall. Einfältig das Lächeln der Gäste, die die Kinder betrachteten, die sich, als Tiere der Savanne verkleidet, über den Couchtisch beugten. Sie tranken die in den Champagnergläsern verbliebenen Schlucke aus, bis sie, von Müdigkeit überwältigt, mit dem Kopf auf eine Tischplatte oder ein Kanapee sanken. Chris' eigene Kinder waren auch da,

Zoé ging als Zebra und Vincent als Elefant, die Kostüme aus Filz hatte sie selbst genäht. »Das war wie Tim und Struppi, wie *Tim im Kongo*«, hatten ihre Kinder später gemeint, die das Ganze richtig ernst nahmen und jedem irgendeine Schuld anhängen wollten, insbesondere ihrer Mutter. Chris sah ihre Kinder vor sich, die leuchtenden Augen, das feine Haar, das sie sich so gern um den Finger gewickelt hatte, ihre Kinder, für die sie alles getan, für die sie Grenzen überschritten hatte und die ihr später in den Rücken gefallen waren, als sie sie am meisten gebraucht hatte.

Chris erinnerte sich, sie stand barfuß auf der Terrasse und rauchte. Im Scheinwerferlicht glitzerte der wie Reisig knisternde Schnee. Drinnen tanzten die Gäste, schwer behangene Frauen stützten sich auf den Arm eines Mannes oder warfen sich ihm an die Brust, man schwitzte unter der schwarzen Schminke, wodurch hie und da ein weißer Fleck zutage trat und damit fast so etwas wie ein Geheimnis oder einen wunden Punkt preisgab. Die Stille und der Wind hinter der Glasfensterscheibe brachten die Pracht der Szene erst voll zur Geltung.

Als Chris sich umwandte, kam aus dem Wald plötzlich ein dunkles Tier hervor. Es lief anmutig über den Hang, auf dem man im Winter auch Ski fahren konnte, und blieb dann inmitten der weißen Landschaft stehen. Es schaute Chris einen kurzen Moment lang an, sie spürte von weitem, dass sein Blick auf sie gerichtet war. Sie zog an ihrer Zigarette. Das Tier rührte sich nicht von der Stelle, es reckte nur den Hals, seine langen Beine zeichneten sich gegen den Horizont ab. Dieses Bild ließ Chris nicht los, es war wie der Beweis dafür, dass sie doch nichts Böses im Sinn hatte, die Bestätigung des Universums.

»Da! Ein Reh! Ein Reh!«, rief sie mit einer Kleinmädchenstimme aus, ausgerechnet sie, die mit der Natur rein gar nichts anfangen konnte, als Serge Chubowska leise die Tür aufschob. Und dann lag sie in seinen Armen. Sie erinnerte sich an seine kalten Hände, die über ihren Rücken glitten, an das Gefühl, erneut in den See einzutauchen, das kühle, klare Wasser, Schwärme von winzigen Fischen umgaben sie, ein silberglänzender Strudel, ein schimmernder Vorhang, der Chris vor den Augen der Welt verbarg.

Was wollte man ihr schon vorwerfen? Ihren Optimismus? Ihren Wunsch, glücklich zu sein? Das fragte sie sich zehn Jahre später, als sie sich in diesem merkwürdigen Zustand befand und zwischen Unruhe und Teilnahmslosigkeit hin- und herschwankte. Alles war so rasch gegangen, die Gedanken und Bilder rauschten im Schnelldurchlauf vorbei, und doch lag sie seit Tagen nur im Schlafzimmer, wie gelähmt.

DIE JUNGS

Mit dem Unfall ist alles zu Ende gegangen, unser ganzes Leben. Natürlich könnte man es anders formulieren, wir waren verzweifelt, wir erstarrten vor Schmerz, aber wir haben es immer nur so ausgedrückt: Unser Leben ist zu Ende gegangen, so melodramatisch das nun auch klingen mag. »Von welchem verdammten Leben reden wir hier überhaupt?«, rief Patrick Saincère mit tragischer Emphase aus, woraufhin Serge Chubowska den Kopf hob und Daniel Vidal kicherte wie ein böses kleines Mädchen, aber wir waren alle nicht ganz bei uns an dem Tag, jeder reagierte eben auf seine Art. Es hatte keinerlei Bedeutung, es war egal, das Leben war vorbei.

In der Nacht des 12. Februar 1990 hat sich auf der Straße, die von Crans-Montana ins Tal hinabführt, ein Autounfall ereignet. Claudia, Chris und Charlie. Niemand hat uns Bescheid gegeben, das heißt, fast niemand, wir haben nur gehört, auf spiegelglatter Fahrbahn sei ein Wagen ins Schleudern geraten. Bilder von Blutlachen und von Rettungskräften am Unfallort gingen uns durch den Kopf, und wir spürten eine innere Leere, ohne dass wir irgendwelche Informationen gehabt hätten oder ein Wort gesprochen worden wäre. Am Morgen danach war noch niemand tot. Doch wir wussten, es hatte gerade erst angefangen, wir wussten, dass uns bald schreckliche Nachrichten erreichen würden, dass alles in Stücke brach und wir alle untergehen würden, jeder für sich allein.

Monatelang hatten wir nichts voneinander gehört, doch an jenem Vormittag rief der eine den anderen an, die Neuigkeit verbreitete sich wie der Blitz, und jeder verstand sofort, legte den Hörer auf, blieb einen Moment still sitzen und wählte dann konzentriert, mit flinker Geste eine Nummer. Jeder wusste genau, was er zu tun hatte, es war wie nach einer Naturkatastrophe, einem Erdbeben oder einem Lawinenunglück, man bewahrt Ruhe und führt mechanisch irgendwelche Bewegungen aus, auch wenn es zu spät ist und man nichts mehr tun kann.

Wir trafen uns im Golfclub. Es war noch nicht einmal zehn Uhr morgens, und Serge Chubowska bestellte einen Wodka, was er noch nie gemacht hatte, auch nicht abends. Roberto Alazraki kam im Laufschritt mit aufgekrempelten Hemdsärmeln herbeigeeilt, es sah ein wenig so aus, als wollte er geradewegs ans Krankenbett stürmen, die Verletzten auf Händen tragen, die Toten wachrütteln. Édouard de Montaigne schritt im Skioverall auf und ab, schlich um den Carambolage-Tisch herum, redete gebethaft mit sich selbst, während wir ihm mit unseren gespannten Blicken folgten. Daniel Vidal fasste sich nervös ins Gesicht und fuhr sich mit der Hand durch die Haare, die er sich hatte wachsen lassen – wahrscheinlich, um von seiner angehenden Glatze abzulenken –, was ihm das Aussehen eines müden Popstars verlieh. Christian Grange weinte und stieß lang anhaltende Schluchzer hervor. Er trug das Stigma einer Hautkrankheit im Gesicht, einer Krankheit, die nach und nach all seinen Lebensmut aufgezehrt hatte. Selbst Max Mollanger war da, obwohl niemand sich erinnern konnte, ihm Bescheid gegeben zu haben. Wir hatten ihn schon so lange nicht mehr gesehen, dass wir uns fragten, wer denn dieser Herr sei, der uns aus weinerlichen Augen ansah. Doch dann sagte jemand »Hallo Max«, und Patrick Saincère umarmte ihn feierlich. Wir ließen uns auf den mit Leder bezogenen Barhockern in dem einsamen Raum nieder, in dem seit Anbeginn der Zeit das Klavier, die Mikrofonständer und die runden Tische standen, und bestellten eine Runde Wodka.

Wir blieben eine Ewigkeit dort sitzen, vollkommen bewegungsunfähig, schafften es höchstens noch, auf die Toilette zu gehen – wir vernahmen die Geräusche hinter der Schwingtür, die wir als seltsam tröstlich empfanden. Sich hinauszuwagen, sich Wind und Tageslicht auszusetzen, schien zu gefährlich. Wir blickten auf und schauten zum Fenster hinaus, die Schneeflocken tanzten mit unanständiger Leichtigkeit, während wir im Dämmerlicht wie Pfadfinder um ein Feuer herum hockten. Roberto Alazraki – vielleicht der Einzige von uns, der sich im Erwachsenenalter zum Vorteil verändert hatte, seine Nase wirkte nach dem Eingriff etwas kleiner, außerdem hatte er im Gegensatz zu uns abgenommen – fing leise an zu reden, mit seiner tiefen Stimme, die den Frauen offenbar gefiel, denn er hatte schon zum dritten Mal geheiratet, und die Frauen waren von Mal zu Mal jünger geworden. Eine Zeit lang hatten wir ihre Namen durcheinandergebracht, die vorletzte hatte sich am Tag der Scheidung aus dem Fenster gestürzt. Es waren lauter Italienerinnen, sie hießen

Carla, Carlotta oder Sabrina, und Roberto Alazraki selbst schien mitunter vergessen zu haben, mit wem er gerade zusammen war. Wenn seine gegenwärtige Angetraute ihm die Hand auf den Arm legte – all seine Frauen hatten diese komische Manie, ständig ihre Erregtheit zu bekunden, ihn zu berühren und von ihm Besitz zu ergreifen –, machte er einen konsternierten Eindruck. Er war niemandes Eigentum.

Roberto erinnerte sich an das »begehrende Verlangen« in Claudias Augen an dem Abend, zwei oder drei Jahre vor dem Unfall, an dem er sie im *Pacha* getroffen hatte. Bei diesen Worten griff Édouard de Montaigne, zweifellos das hitzigste Gemüt von uns allen, so unvermittelt nach der Wodkaflasche, dass wir allesamt aufsprangen.

Claudia war in einem Paillettenkleid sicheren Schrittes auf ihn zugekommen, und Roberto hatte angefangen zu schwitzen. Diese unwirklich scheinende Haut, dieser verschleierte Blick, das war sie, wie sie leibte und lebte, kaum gealtert, und doch war sie nicht mehr ganz dieselbe mit den kurzen Haaren und dem Lippenstift, der so glänzte, »als hätte sie sich soeben mit der Zunge die Lippen befeuchtet«. Sie erschien ihm unnahbar wie eh und je. Roberto musste sich gegen eine Spiegelwand lehnen, in der sie sich allerdings noch feenhafter widerspiegelte. Sie redeten lange, traumhaft harmonisch, doch am nächsten Morgen hatte Roberto Alazraki sich nicht mehr an die Unterhaltung erinnern können. Die Worte glitten ihm wie Sand durch die Finger und hatten jegliche Bedeutung verloren. Als er Claudia einige Tage später am Sessellift erneut traf, ging er auf sie zu, doch sie schien ihn nicht wiederzuerkennen.

Wir waren erleichtert, denn von uns hatte seit mehr als zwanzig Jahren keiner mit Claudia gesprochen. Um ehrlich zu sein – aber Ehrlichsein war kein Leichtes in dem Moment –, hatte keiner von uns je mit ihr gesprochen. Roberto Alazraki war *Italiener,* und auch wenn er immer mit uns herumgezogen war, hatte er doch nie richtig dazugehört. Er hatte in Tripolis gelebt, er sprach mit Akzent und in einem selbstsicheren Ton, dem etwas herablassenden Ton der Norditaliener, der den Eindruck vermittelte, als hätte er ein süßes, einfaches Leben, und seine glänzende Haut, unter der das Testosteron rumorte, schien ein erotisches Geheimnis zu bergen. Aber zu den Italienern gehörte er auch nicht. Man merkte es, wenn sie ihr warmes, nicht allzu breites Fassadenlächeln aufsetzten, um ihn zu grüßen, er war ihnen nicht elegant genug, Roberto Alazraki war zu orientalisch, zu zögerlich. Und obwohl er ihnen mit der Zeit immer ähnlicher geworden war, verhielten sie sich weiter distanziert. Roberto war wie wir, er wartete immer darauf, dass es endlich losging. Aber was sollte überhaupt losgehen? Wir hatten nicht die geringste Ahnung.

Für ein paar Stunden vergaßen wir die Lebensgefahr, in der die drei Cs schwebten, vergaßen wir ihre blutenden Wunden, ihre gebrochenen Knochen und ihre nur noch schwach schlagenden Herzen. Der Reihe nach durfte jeder eine Anekdote zum Besten geben. Wir beschrieben die Szenen, die sich in unser Gedächtnis eingebrannt hatten, und zwar mit einer Präzision, die uns selbst überrascht hätte, wenn wir darüber nachgedacht hätten, sonst hatten wir doch für nichts ein Gedächtnis, und unsere Gesichter leuchteten, obwohl wir die Geschichten doch schon ein Dutzend Mal gehört hatten. Auf einmal waren wir wieder sechzehn oder achtzehn, wir verwendeten die Ausdrücke unserer Jugend, die Augenringe waren verschwunden, die Stirn glatt, der ganze Körper richtete sich auf, belebt von jugendlichem Elan. Die vergangenen Jahre kamen in unseren Erzählungen seltsamerweise nicht vor, zumindest die letzten zehn, zwanzig Jahre kamen nicht vor, man hätte meinen können, diese Zeit existierte überhaupt nicht. Was hatten wir schon groß erlebt? Manchmal, wenn wir auf der Straße die jungen Leute sahen, die ihre Skier auf den Schultern trugen oder vor der Crêperie standen und rauchten, hielten wir überrascht inne: Das waren unsere eigenen Kinder. Bei ihrem Anblick fühlten wir uns verraten, unserer Seelen beraubt, denn diese vertrauten Geschöpfe hätten genauso gut wir sein können.

Natürlich waren uns die drei Cs hin und wieder begegnet. Chris hatte all die Jahre weiter ihre engen, hellen Jeans getragen, und es schmerzte uns, sie anzusehen. Charlies Haare waren mit der Zeit immer kürzer geworden, was ihr friedvolles, ewig junges Gesicht noch besser zur Geltung brachte, und Claudia war immer in ihren irre erotischen Pelzmänteln vorüberflaniert. Doch diese Bilder waren nun wie weggefegt, nicht sie hatten wir vor Augen, wenn wir uns die drei in diesem Wagen vorstellten, sondern solche, auf denen sie jung waren. Sie saßen – »Alle drei!« – zusammen im Auto, Chris rauchend am Steuer, Charlie trug ein Männerhemd, Claudia einen karierten Schottenrock. Sie kurbelten die Fenster runter, stützten die nackten Arme auf die Rahmen, lehnten die Köpfe hinaus und ließen sich die Haare ins Gesicht wehen.

Die Zeit löste sich allmählich auf, was bestimmt am Alkohol lag, der uns Mut einflößte, über die Vergangenheit zu sprechen, aber auch am angenehm schummrigen Licht und dem Staub, der in Crans-Montana überall in der Luft lag. Édouard de Montaigne – er arbeitete mittlerweile in der Filmbranche, und wir hatten ihn hassen gelernt, weil er immer braun gebrannt war und sich seine Zigarren selbst in der Kabinenseilbahn anzündete – sagte plötzlich: »Okay, ich werd euch was erzählen, das ist jetzt mehr als zehn Jahre her, verdammte Scheiße.« Wir richteten uns auf, die Augen von Patrick Saincère begannen zu leuchten, Roberto Alazraki war schon zu betrunken. Er rutschte von seinem Hocker, mithilfe akrobatischer Gesten gelang es ihm gerade noch, sich am Tisch festzuhalten, aber wir ließen uns nicht so leicht ablenken.

Édouard de Montaigne berichtete, er habe Angelo Venturini unter dem Vorwand, ihm eine Filmrolle anbieten zu wollen, 1979 mit dem Privatjet nach Saint-Tropez einfliegen lassen. Bei Saint-Tropez musste er lachen, wahrscheinlich, weil sein Grundstück im Nachbarort Ramatuelle inzwischen vom Fiskus gepfändet worden war, in der Presse war seine Freundin, ein holländisches Model, in den Armen des Musikproduzenten Eddie Barclay zu sehen gewesen. »Wer ist Angelo Venturini?«, flüsterte Max Mollanger, aber er war freilich der Einzige, der diese Frage stellte. Hätten wir nicht so an Édouard de Montaignes Lippen gehangen, hätten wir ihn, der mal wieder überhaupt nichts kapierte, vermutlich aufgefordert, den Tisch zu verlassen. Wir wussten selbstverständlich, wer Angelo Venturini war, dass er mit Charlie verheiratet gewesen war, doch keiner von uns hätte es gewagt, den Namen dieses Kerls in den Mund zu nehmen, der geflochtene Armbänder und Satinhemden trug. Édouard de Montaigne hatte ihn einfliegen lassen, er konnte uns nicht recht erklären weshalb, dafür blickte er uns aus unschuldigen Augen an, als könnte er es noch immer nicht fassen. Er hatte ihn im Garten seiner Villa, auf Teakholzstühlen, inmitten ägyptischer Statuen wie einen Bruder empfangen, oder auch wie einen Feind, den man nur einlädt, um ihm den Todeskuss zu geben. »Dieses Arschloch hat in der Badehose dagesessen, meinen Champagner getrunken und meine Cohiba-Zigarren geraucht, und er fand das wohl auch noch normal«, echauffierte sich Édouard de Montaigne, und auch wir waren sehr erregt und bekamen ganz feuchte Hände. »Ich wollte einfach wissen, was sie an ihm fand, was an dem Typen so Besonderes war, dass sie ihn gleich geheiratet hat, stellt euch das mal vor, sie hat ihn im Juli auf Stromboli kennengelernt, und sechs Wochen später war sie schon Madame Venturini, wie so ein Scheißgroupie.«

Wir warfen einen Blick in Richtung Patrick Saincère, der offiziell in Charlie verliebt war, was dem einen oder anderen – »Aber uns nicht, uns nicht!« – vielleicht grotesk erscheinen mochte, schließlich bestand die nennenswerteste Begegnung der beiden aus einem kurzen Blickwechsel, der sich vor fast einem Vierteljahrhundert auf der Mädchentoilette im *Quatre cents coups* zugetragen hatte. Patrick versuchte aus einiger Entfernung ins Waschbecken zu pinkeln, traf dabei den Spiegel, Charlie betrat den Raum, senkte flüchtig den Blick auf seinen schlaffen Schwanz, zog dann ihre perfekt nachgezeichnete Augenbraue hoch, prüfte mit edler Miene ihr unergründliches Spiegelbild und verschwand, ohne dass auch nur das geringste Wort gewechselt worden wäre. Nach all den Jahren war es in Gegenwart von Patrick Saincère noch immer heikel, Charlie zu erwähnen, vor allem da es hieß, dass sie es mit Mädchen trieb, die so alt wie unsere Töchter waren, was nun einerseits etwas Demütigendes, andererseits auch etwas schrecklich Aufregendes hatte. Édouard de Montaigne ließ sich davon nicht beirren, er war in Fahrt gekommen, Patrick saß derweil reglos, stumm und innerlich gebrochen da.

Erst im Hôtel Byblos hatte Édouard de Montaigne ihm dann die Frage gestellt. Er war mächtig betrunken in dieser Sommernacht im Juli 1980, doch man hätte seine Vorgehensweise zwar nicht für nüchtern, aber wenigstens für romantisch halten können. Angelo Venturini kapierte anscheinend nicht recht, Édouard de Montaigne ließ sich aber trotzdem nicht aus der Ruhe bringen. Er sah ihm tief in die Augen und wiederholte: »Wissen Sie, ich kenne Ihre Frau sehr genau.« Der Schauspieler machte einen Moment lang einen etwas verlorenen Eindruck, zog dann plötzlich seine Brieftasche aus der Weste, warf ein Foto auf den Tisch, das einen dunklen Fleck und in der linken, oberen Ecke ein Eselsohr hatte, und sagte: »*Sei fortunato, io no l'ho mai conosciuta.*«*

Édouard de Montaigne imitierte wohl theatralisch Angelo Venturinis geschmeidige Geste, als er das Foto vor uns hinlegte. Wir beugten uns darüber, hielten den Atem an und musterten die junge Frau im weißen, kunstvoll gearbeiteten Baumwollkleid, die Blumen im Haar hatte und in die Kamera lächelte. »Das sind Lotusblüten«, erklärte Édouard, und wir spürten, wie in unseren Kehlen

Frustration und Leid aufstiegen und sich mit dem Geschmack des Alkohols vermengten. Wir erfuhren nie, wie Édouard an das Foto gekommen war, ob er es gestohlen oder ob Charlies Mann es ihm gegeben hatte, jedenfalls empfanden wir es als seltsam tröstlich, dass es nun auf diesem Tisch lag. Es war zwar nur ein Stück glänzendes Fotopapier, aber es gehörte uns, und damit gehörte uns diese Episode aus Charlies Leben. Angelo Venturini hatte seine Frau offenbar nicht wiedergesehen, seitdem er sie einst im August in einem mexikanischen, eines Spaghettiwestern würdigen Kleid geheiratet hatte. Auf einmal fanden wir ihn sympathisch, bedauerten ihn aufrichtig, während Édouard de Montaigne die Aufnahme behutsam in das Etui zurücksteckte, in dem sich auch sein Skipass befand, und dabei wie zu sich selbst sagte: »Auf alle Fälle ist dieser Angelo Venturini ganz klar eine Schwuchtel.«

Patrick Saincère reagierte etwas verspätet, aber vielleicht war das die Spezialität von uns allen, wir holten erst dann zum Gegenschlag aus, wenn der Widersacher, der uns niedergestreckt hatte, schon wieder aus dem Ring gestiegen war.

Die Reaktion kam erst, nachdem Serge Chubowska ein Geständnis abgelegt hatte. Mit einer virilen, beiläufigen Geste, die aus einem alten französischen Film hätte stammen können, legte Serge seine Krawatte ab, starrte auf die Tischplatte und begann, uns sein unglaubliches Geheimnis zu erzählen.

Er hatte eine Affäre mit Chris. »Eine Affäre. Mit Chris.« Endlose Sekunden hingen seine Worte in der Luft, wir wussten, die Wahrheit würde schrecklich und dennoch nicht greifbar sein. Wir saßen wie versteinert da. Christian Grange hörte auf zu flennen und fing an zu lachen, doch die Laute, die er hervorbrachte, blieben fast die gleichen, wohl, weil für jemanden wie ihn, der so vorstehende Augen hatte und Wangen, an denen sich regelrechte Mondkrater gebildet hatten, Vertrauensbruch nichts Neues war und seine ganze Gefühlswelt nur noch aus Variationen des Kummers bestand.

Unsere Jugend hindurch hatten wir Serge mit Sorge und Misstrauen beäugt, was mit seinem Intellektuellenstatus, seinen Wutausbrüchen und den weißen Schnürschuhen zusammenhing, die er selbst bei Schnee und Eis trug. Wir hatten wohl schon befürchtet, dass er etwas wirklich Außergewöhnliches vollbringen würde, wir dachten, vielleicht würde er dem Dandytum frönen, Terrorist werden oder sich gemeinsam mit Franco, dem er so nahe wie ein Leibwächter oder ein Liebhaber stand, dem Jetset anschließen. Wir waren insgeheim erleichtert, als er nach seiner Hochzeit mit Tania Arazi – einer reichen Erbin, deren alleiniges Lebensziel es offenbar war, ihr Haar zu glätten, und die daher ihre ganze Zeit beim Friseur zubrachte – aufhörte, sich über seine städtebaulichen Pläne für Israel auszulassen; er hatte uns seine futuristischen Entwürfe gezeigt, die er immer nachts zeichnete, wenn er nicht schlafen konnte. Er hatte schließlich mit dem Aufbau eines Straßennetzes in Südamerika ein Vermögen verdient, und nach Francos Tod sammelte er bei Ausgrabungen in Chile entdeckte Fundstücke aus präkolumbischer Zeit, wodurch seine Wohnung mit all den Vitrinen voller Urnen, Grabbeigaben und Halsbändern schließlich selbst einer Grabstätte glich. Wir hatten gedacht, Serge Chubowska wäre tot, so wie wir, und dieser Gedanke stellte eine gewisse Erleichterung dar.

Bei Francos Beerdigung hatte er eine seltsam biedere Rede gehalten und sich in einer Weise, die der seines Vaters sehr ähnlich war, über das »Gemeindesaalbuffet« beklagt, indes er sich weiter Sangria einschenkte; wir wollten ihm sagen, dass er die Klappe halten soll, aber wir hatten mit unserer Trauer und unserer Jugend alle Hände voll zu tun und schwiegen einfach. Wir wollten ihm sagen, dass der Sarg so aussah, als wäre er mit Schweizer Reinlichkeitswahn stundenlang blank gewienert worden, aber wir schwiegen. Wir dachten an Franco, an seine von chemischen Substanzen zersetzte Leber und an seine vielleicht an Trockenfrüchte erinnernden Geschlechtsorgane, während die hartnäckig eine Welt des Glücks beschwörenden Girlanden, die eine verzweifelt sentimentale Seele über dem Eingang zum Krematorium aufgehängt hatte, von all dem Leid nichts wussten – wer kam nur auf die Idee mit den Girlanden?

Doch nun, in dem Moment, in dem Serge Chubowska im Golfclub saß und angstvoll auf den Grund seines Wodkaglases stierte, war er wieder ganz der, den wir früher gekannt hatten, jener Serge, der mit der Krawatte um den Hals die schwarze Abfahrt des Plaine-Morte-Gletschers hinabfuhr und dann im Sessellift wimmerte, weil er so erschöpft war.

Er hatte also mit Chris geschlafen. Das Abenteuer dauerte annähernd zwei Jahre. Er erzählte, ohne auch nur einmal aufzuschauen; wir trauten kaum unseren Ohren, aber wir spürten, wie unsere Lungen sich mit Luft füllten, während er sprach. Die Geschichte war absolut beeindruckend, sie trafen sich immer im Hotel, in irgendwelchen Palästen, Chris liebte es, den Zimmerservice zu rufen, sie bestellte Champagner oder ein Club-Sandwich und hatte den Hang, alles Mögliche mitgehen zu lassen, Aschenbecher, Schreibblöcke, das große schwarze Heft – »Das schwarze Heft!« –, das Serge die ganze Zeit über aufbewahrt hatte und in dem er, eine Weile zumindest, wieder Eintragungen machte. Roberto Alazraki wischte sich wie nach beendeter Tennispartie mit einer Papierserviette das Gesicht ab, und Daniel Vidal kratzte mit seinem Feuerzeug auf dem Tisch herum, genauso wie wir früher auf den Schulbänken herumgekratzt hatten, wenn wir in sexuelle Träumereien vertieft waren.

Wenngleich Serge Chubowska als echter Gentleman nicht ins Detail ging, wofür wir ihm auch dankbar waren, tauchten vor unseren inneren Augen doch Bilder von Chris auf, die sich in eleganten Dessous auf einer Tagesdecke rekelte. Wir seufzten vernehmlich und versuchten, uns mit Gedanken an all jene Frauen zu trösten, mit denen wir ein Hotelabenteuer gehabt hatten – allen voran Daniel Vidal, der behauptete, sich im Hôtel Lutetia durch alle Zimmer gebumst zu haben –, als Serge Chubowska plötzlich verkündete: »Und dann hab ich mit ihr Schluss gemacht.«

Er war selbst nicht in der Lage zu erklären, wie das hatte passieren können, aber nachdem ihm einige Monate lang das einzige Glück zuteilgeworden war, das seinem Leben je einen Sinn gab, verspürte er einen Überdruss, überkam ihn eine Leere. Chris rief immer häufiger an, meist nachts, manchmal vier- oder fünfmal hintereinander, und flehte betrunken um ein Treffen, doch er folgte ihrem Ruf nicht mehr. Er stellte sich vor, wie sie in den Hörer sabberte, ein gieriges kleines Mädchen, das es darauf abgesehen hatte, ihn zu verschlingen. Er sehnte sich nur noch danach, das Gespräch zu beenden, oder vielmehr, das Gewinsel am anderen Ende der Leitung nicht mehr ertragen zu müssen, denn er selbst war zu keiner Äußerung fähig.

Das war also der Moment, in dem der Serge Chubowska gegenübersitzende Patrick Saincère aufsprang, einen formvollendeten Satz machte und sich auf ihn stürzte. Erstaunlich für sein Alter, dachte Max Mollanger ungerührt. Patrick zerrte Serge zu Boden, und uns fiel auf, dass wir solche Dinge nie getan hatten, wir hatten uns nie geprügelt, und nun, da unsere Kräfte allmählich nachließen, sich eine schleichende Müdigkeit in uns breitmachte, unsere Lebensgeister erlahmten, wir beim Tennis fürchteten, wir könnten uns überanstrengen, man Geschichten zu hören bekam von einstigen Klassenkameraden, die aus heiterem Himmel einen Schlaganfall hatten oder eines Morgens einfach nicht mehr aufgewacht waren, nun fiel uns auf, dass wir nie so recht unsere Muskeln eingesetzt und unsere Triebe ausgelebt hatten, nun aber war es zu spät. Der Kampf war eher solchen Wesen vorbehalten, denen völlig klar ist, wie kostbar das Leben ist, und denen der Gedanke, dass man das eigene Schicksal in beide Hände nehmen kann, von Natur aus naheliegt.

Mit leerem Blick beobachteten wir Patrick Saincère, der immer wieder den Kopf von Serge Chubowska gegen den Boden schlug und mit hochrotem Gesicht »du Arschloch, du Arschloch« rief. Hinter dem Tresen klingelte das Telefon, es war für Édouard de Montaigne. Er beugte sich über die Theke, ergriff den Hörer, nickte einige Male. Wir hatten keinen Schimmer, von wem und weshalb er hier im Golfclub angerufen wurde. Er wurde leichenblass, und wir verstanden, ehe er ein Wort zu uns gesprochen hatte. Woher dieses Verständnis rührte, hätten wir nicht sagen können, aber wir verstanden.

Wir verstanden, es hatte eine Tote gegeben, und wir wussten auch, wen es getroffen hatte.

Édouard de Montaigne murmelte kurz ihren Namen. Wir barsten wie ein Haufen flimmernder Atome in Stücke und zerfielen zu Staub, wie jene, deren Geist im Raum schwebte. Der Staub verteilte sich im All, und doch blieben unsere verdorrten Herzen zurück, oder ein schwarzes Loch.

»Claudia.«

In der lokalen und sogar in der nationalen Presse erschienen Artikel mit Fotos der drei Cs, die wir nicht kannten. Nie sollten wir erfahren, wer diese Aufnahmen gemacht und an die Journalisten weitergegeben hatte. Man sah die drei in Skioutfits, Claudias Gesicht war von einem Schal verdeckt, was allgemein als dunkles Vorzeichen gedeutet wurde, Chris und Charlie standen da mit offenem

Mund, den Kopf leicht nach hinten geneigt. Die meisten Zeitungen druckten ein ganz bestimmtes Porträt: Claudia in einer schwarzen Samtcorsage, mit halb geschlossenen Augen und Flügelohrringen, die das flüchtig aufscheinende Blitzlicht reflektierten.

Alle möglichen Gerüchte machten die Runde, aber es fehlten die zentralen Informationen. Beim Unglücksfahrzeug handelte es sich um Chris' weißen Golf GTI (daher erschien es uns logisch, dass Chris auch am Steuer gesessen hatte, doch es gab einen Artikel in *Le Matin* mit dem Titel »Der Tod kam in der Kurve«, der diesbezüglich Zweifel anmeldete und behauptete, es gebe widersprüchliche Zeugenaussagen). Der Unfall hatte sich am Ortsausgang von Crans ereignet, in der dritten oder vierten Kurve der Serpentinenstraße, die uns schon als Kinder Angst und Schrecken eingejagt und unsere Alpträume geschürt hatte – sie war gesäumt von namenlosen Kreuzen und vor Steinschlag warnenden Schildern. Unsere Väter waren auf dieser Strecke, die keine Leitplanke hatte, viel zu schnell unterwegs, an jeder Ecke lauerte der Tod. Ihr Egoismus war abscheulich. Dreißig oder vierzig Jahre später aber bretterten wir genauso schnell dahin, als wäre es ein Naturgesetz, dass ein Mann, der einen dicken, von Ledergeruch erfüllten Schlitten fährt, einfach immer Vollgas geben muss, insbesondere, wenn er noch zusätzlich provoziert wird vom Schweigen seiner Frau.

Die drei Cs waren radikaler als wir, ihr Leben war außer Kontrolle geraten. Vielleicht hatten sie sich sogar absichtlich in den Abgrund gestürzt, wie Max Mollanger mit derselben wirklichkeitsfernen Miene meinte, die er einst nach dem Tod von Françoise Dorléac zur Schau gestellt hatte. »Sie wollten sterben, was glaubt ihr denn, Jungs?«, behauptete er im Stile eines besonders scharfsinnigen Kfz-Sachverständigen, dem sich dadurch, dass er selbst nicht imstande war, mit einer Frau zu schlafen, ein privilegierter Zugang zu ihrem Seelenleben eröffnete. Auf den Fotos schwebte das Unfallfahrzeug in der Luft, die Kranseile waren wegen der mangelhaften Qualität der Bilder nicht zu erkennen, und so entstand der Eindruck, dass der über den Tannen segelnde Golf aufbrach in eine bessere Welt.

Wir haben nie erfahren, ob sie tatsächlich sterben wollten. Wir sammelten Informationen, so wie wir es immer getan hatten, Informationen, die wir den Zeitungen entnahmen, doch in dem Moment, in dem sich das Puzzle zusammenzufügen schien, fiel es sogleich wieder auseinander.

Es war uns ein Rätsel, und es erschütterte uns, dass das Schicksal, nachdem es die drei Mädchen gemeinsam in den Abgrund gestürzt hatte, doch für jedes ein ganz unterschiedliches Los bereithielt. Während Claudia mit völlig zertrümmertem Brustkorb noch auf dem Weg ins Krankenhaus starb (wir mussten daran denken, wie sie vor Jahren mit gebrochenem Herzen, schwanger und verlassen, zu ihren Eltern zurückgekehrt war), blieben die beiden anderen auf wundersame Weise vom Schlimmsten verschont. Chris hatte zwar entsetzlich viele Knochenbrüche erlitten (siebenundzwanzig, laut *Tribune de Genève*), doch sie durfte schon knapp eine Woche nach dem Unfall das Krankenhaus in Gipsbeinen verlassen. Einigen Beobachtern zufolge mit geschminkten Lippen und lackierten Nägeln, doch das wollte keiner von uns so recht glauben. Von Charlie hieß es, sie wurde zwar ohnmächtig, aber so unversehrt aus dem Fahrzeug geborgen, als wäre ihre Schönheit eine übernatürliche. »Die Schöne, die wie durch ein Wunder überlebte« lautete die entsprechende Bildunterschrift im *Journal de Sierre,* daneben stand ein Artikel, der davon handelte, dass es in den Alpen nun wieder Luchse gab. Sie hatte ein paar leichte Kratzer im Gesicht, aber auch Dr. Borgeaud, der Allgemeinarzt in Crans-Montana, mit dem Roberto Alazraki telefoniert hatte, vertrat die Ansicht, dass diese Kratzer ebenso gut »von einer Katze oder einem Brombeerstrauch« hätten stammen können.

Wohin hatten sie gewollt in dieser Nacht, als sie ohne Winterreifen und ohne Schneeketten in dem weißen Golf übers Glatteis rauschten? Wovor waren sie auf der Flucht? Wir wussten, sie waren auf der Flucht, und was auch immer ihr Ziel war, sie wollten nie wieder zurück; wir stellten uns vor, wie sie bei heruntergekurbelten Fensterscheiben im Auto saßen und Slim-Zigaretten rauchten, in Abendkleidern, die ihrem Verlangen nach Liebe Nachdruck verliehen. Als Daniella Alazraki die Achseln zuckte und durch die Zähne pfiff, »Drei angetörnte Mädels, die sich in der Disko ein paar Typen aufreißen wollten«, bekam sie von ihrem Bruder Roberto eine gescheuert, so wie früher, und wir lachten etwas nervös, obwohl uns Daniella mit ihren Zigeunerröcken und ihren rauschgiftsüchtigen Freunden eigentlich leidtat.

Wir glaubten, sie hatten uns etwas sagen wollen an dem Abend, aber wir hatten schon unser ganzes Leben geglaubt, dass sie uns etwas sagen wollten, wenn wir sie erblickten, im Badeanzug beim Schwimmen oder eingemummt in einen Parka, an der Kabinenseilbahn, und wenn wir ihnen kurz in die Augen unter den gebogenen Wimpern schauten und sich unsere Blicke trafen. Sie sandten geheime Signale aus. Nach dem Unfall stellten wir uns alles Mögliche vor, wir wussten, sie waren noch da. Aus der Ferne gaben sie uns Zeichen, im Wald oder im Nebel. Wir hatten das Gefühl, dass wir sie hören konnten, wenn wir betrunken waren, und wir tranken jetzt noch mehr als früher. Wenn es zu schneien anfing, vernahmen wir ihre Rufe, doch der Wind verschluckte ihre Worte oder wir mussten einsehen, dass sie eine andere Sprache sprachen.

Als wir eines Abends wieder einmal unsere in Plastikhüllen aufbewahrten Artikel durchgingen, riss Christian Grange die Augen auf und rief: »Wir werden es nie kapieren, versteht ihr denn nicht? So ist das nun mal, Jungs, und so wird es immer sein. Wenn unsere Familie einmal an unserem Totenbett stehen wird, werden wir uns noch immer die gleichen Scheißfragen stellen. Wir müssen es einfach hinnehmen, dass wir es nie kapieren werden. Und wisst ihr, was das Schlimmste ist? Dass es vielleicht überhaupt nichts zu kapieren gibt.« Wir warfen ihm verärgerte Blicke zu, aber wir wussten, er hatte recht, obwohl er ja gar keine Familie hatte und, davon waren wir überzeugt, auch nie eine haben würde.

Serge Chubowska war der Einzige von uns, der sich traute, zu Claudias Beerdigung nach Genf zu fahren. Die Zeremonie fand in einem kalten weißen Raum statt, der etwas von einem Krankenhausspeisesaal hatte. Die Frauen machten ernste Mienen, tiefe Augenringe höhlten ihre schönen Gesichter aus, doch sie trugen schwarze Kleider, die eigentlich mehr für die Nacht gedacht waren. Etliche behielten ihre Sonnenbrillen auf, und an der Friedhofsmauer schlich eine große Dunkelhaarige entlang, die ihren Blick hinter dem Spitzenschleier ihres Hutes verbarg. Serge Chubowska hatte den seltsamen Eindruck, sich auf einem Maskenball von Jacques Savrier zu befinden. Etwas Erotisches und Mondänes lag in der Luft, worüber man den sonderbar eindrucksvollen Sarg auf dem Podest beinahe aus den Augen verlor. »Sie hat sich ganz klein machen müssen da drin«, sagte Serge kopfschüttelnd. Jacques Savrier sah völlig abgemagert aus, fast verschrumpelt, Serge erkannte ihn kaum wieder. »Als wäre er irgendwie eingegangen.« Serge hatte ihm die Hand schütteln wollen, doch er wandte den Blick ab, wohl um einem Gespräch aus dem Weg zu gehen, aber vielleicht erinnerte er sich auch gar nicht mehr an Serge, weder an Serge noch an all die anderen.

Es dauerte, bis Serge Chubowska klar wurde, wer das blonde Mädchen war, das aufrecht in der ersten Reihe saß und in einer Hand ein besticktes Taschentuch knetete. Ohne es recht zu merken, starrte er die ganze Trauerfeier auf den hohen Pferdeschwanz, das unglaublich helle Haar und den Hals, an dem er den Pulsschlag des Mädchens erkennen konnte, als ihn auf einmal das merkwürdige Gefühl überkam, dass Claudia an ihrer eigenen

Beerdigung teilnahm. Irgendwann murmelte jemand leise »die arme Valentina«, und Serge Chubowska spürte, wie sich etwas Schweres auf seine Brust legte. Verlegen gestand er uns, er habe stumm Valentinas Hand genommen, wie in einer Fernsehserie, woraufhin sie ihm hinter einem von Angstlösern verschleierten Blick ein verständnisloses, aber höfliches Lächeln geschenkt habe.

Ansonsten war Serge nicht in der Lage, viel von der Beerdigung zu erzählen, außer dass Alberta Maggiore ihren schwarzen Nerzmantel nicht abnahm und Giovanni leise weinte und dabei einen zusammengerollten Yorkshire-Terrier streichelte, den er wie ein schlafendes Kind im Arm hielt.

Er erinnerte sich an nichts, weder an die Worte des Priesters bei der Trauerfeier noch an die der aufgelösten jungen Damen im Anschluss an die Trauerfeier, immerhin teilte er uns mit, das Ganze sei »ein Haufen Scheiße« gewesen. In Wahrheit hatte er dauernd auf Chris gewartet, obwohl er eigentlich wusste, sie würde nicht kommen, sie lag ja im Krankenhaus mit all den Knochenbrüchen, die in ihm – warum auch immer – das Bild eines zertretenen Seeigelskeletts heraufbeschworen. Es gelang ihm nicht, sich selbst zur Vernunft zu rufen, immer wieder schaute er zur Tür, als müsste sie jeden Augenblick, vielleicht sogar leicht angesäuselt oder mit einer Zigarette im Mundwinkel, in einem exzentrischen Outfit hereinschneien. Sobald eine Frau ihre Haare schüttelte oder ein Schatten auftauchte, durchfuhr es ihn, ergriff ihn eine fieberhafte Panik, die er den ganzen Tag und auch in den darauffolgenden Wochen nicht loswurde. Er sah sie überall, auf der Straße, im Taxi, hinter den Glasscheiben der Cafés.

Sie waren fort. Sie hatten uns für immer verlassen. Auch Charlie war nicht zum Begräbnis erschienen. Von irgendjemandem, aber er wusste nicht mehr von wem, hatte Serge gehört, sie sei noch wenige Stunden zuvor am Bahnhof Genève-Cornavin gesehen worden. Sie habe vor der Beerdigung noch geschwind einen Kaffee trinken wollen. Wir erfuhren nie, was weiter geschah, aber wir konnten uns sehr gut vorstellen, wie sie in dem Bahnhofscafé vor einer heißen Schokolade saß und an ihren Nägeln kaute, wie früher nach dem Skifahren, als Édouard de Montaigne auf den Tischen die von den Mädchen zurückgelassenen, leeren Ovomaltine-Beutel eingesammelt hatte. Es war ein beruhigender Gedanke, dass Charlie wie uns der Mut gefehlt hatte, zur Beerdigung zu gehen, wir hofften, dass sie einen Zug gen Süden, nach Spanien oder Italien, genommen hatte.

Die meisten von uns fuhren in der Folge nicht mehr nach Crans. Roberto Alazraki war der Erste, der einen Winter in Cortina d'Ampezzo verbrachte, später mieteten sich Daniel Vidal und Serge Chubowska Apartments in Courchevel. Wir taten so, als würden wir die Orte unserer Kindheit nicht wiedererkennen, und tatsächlich veränderten sich Montana und Plans-Mayens in einem schwindelerregenden Tempo, all die Siedlungen, die plötzlich dort entstanden, wo früher Tannenwälder oder Minigolfplätze gewesen waren. Aber im Grunde war uns das vollkommen egal. Was uns das Herz zerriss, war ein anderer, ein leiser Wandel. Die Gartenmöbel aus Plastik, die die neuen Eigentümer des Archaeopteryx auf der Terrasse aufgestellt hatten. Die Tischtennisplatte der Tbilissis, die unsere Fantasie beflügelt hatte und nun verlassen auf einer benachbarten Wiese stand – an den Beinen nagte der Rost, das Netz schwamm in einer schwarzen Pfütze. Der Imbissstand an der Abfahrt nach Vermala, der durch ein Klohäuschen ersetzt worden war, das einem Atombunker glich. Oder der Flipper im Keller des Steakhauses, der zwischen irgendwelchen Weihnachts- und Faschingsferien abtransportiert worden war. Aber auch der Rhythmus der Jahreszeiten, die im Schnee blühenden Krokusse, die den Frühling verkündeten, oder die durchsichtigen Fische, die sich im zugefrorenen Teich des Golfclubs unter der Eisschicht bewegten. Die ersten, watteweichen Schneeflocken, die wir im Gesicht spürten, die Spuren der Eichhörnchen im Schnee, die angenagten Tannenzapfen unter den Bäumen. Das auf die Schultern fallende Haar der Mädchen, die Arm in Arm die Straße überquerten, mit Fellstiefeln und Ohrenschützern.

In den Schaufenstern auf der Grand-Rue oder in den Scheiben der Kabinenseilbahn begegneten wir unserem Spiegelbild, den müden Gesichtern, den faltigen Wangen, dem etwas angegrauten Haar. Manchmal erschienen sie uns, meist morgens beim Aufwachen, mit einem blendenden Glanz in den Augen lächelten sie uns zu, und wir standen mit einer gewissen Ausgelassenheit und steifen Schwänzen in unseren Schlafanzughosen auf, doch dieses Glück währte nur einen Moment, die Erinnerung erlosch gleich wieder, und ihre Züge verschwammen. Dann kam die Zeit, in der wir uns nicht einmal mehr an ihre Gesichter erinnern konnten, sie waren unscharf geworden wie eine undeutliche Regung in weiter Ferne.

Keiner von uns hat Chris oder Charlie je wiedergesehen. Manchmal bemerkten wir, wie von ihnen gesprochen wurde, wie jemand ihre Namen sagte, aber komischerweise hörten wir gar nicht aufmerksam hin. Es hieß, Charlie lebe in Griechenland oder auf einer Äolischen Insel, sie sei Malerin geworden oder habe eine Trattoria aufgemacht. Chris, so war zu vernehmen, habe sich scheiden lassen und sich einige Zeit in einem Sanatorium in der Nähe von Lyon aufgehalten, wo sie sich einer Therapie mit halluzinogenen Pflanzen oder Elektroschocks unterzogen habe. Aber all das waren nur Gerüchte, man merkte, keiner wusste etwas Genaueres. Es sah so aus, als wären sie vollkommen verschwunden aus unserer Welt, und im Grunde war uns klar, es sah nicht nur so aus.

Sie haben sich in jener Nacht an uns gerächt. Wir hatten sie im Stich gelassen. Unser Leben lang haben wir nach ihnen Ausschau gehalten, die Arme in ihre Richtung ausgestreckt, aber wir haben nie etwas unternommen. Sie hatten auf uns gewartet. Sie hatten sich von uns die Liebe erhofft, die wir ihnen zu versprechen schienen, doch wir zogen es vor, einen Batzen Erde ins Feuer zu werfen. Sie haben uns gerufen, die Lippen leicht geöffnet, sie haben unsere Namen geflüstert, nachts an unserem Hals gewispert, uns mit den Fingern durchs Haar gestrichen, doch wir bewegten uns nicht. So stiegen sie schließlich in diesen Wagen und hoben in einer undurchdringlichen oder funkelnden Mondnacht ab. Sie haben jenen geheimen Ort erreicht, an dem sich das unerreichbare, wahre Leben abspielt.

VALENTINA

1

Valentina dachte nicht mehr daran. Dachte nicht mehr an das winzige, höhlenartige Zimmer, wo gerade einmal ein Bett und ein Schrank hineingepasst hatten, und an all die Wochenenden, die sie dort verbracht hatte. Im Winter, und manchmal auch im Frühling, waren sie jeden Freitagabend nach dem Collège, und später nach der höheren Schule, nach Crans gefahren. Sie stieg in den Range Rover oder den Rolls-Royce, in dem es so sehr nach Leder roch, dass ihr schlecht davon wurde, und schlug wütend die Tür zu. Von ihrem Platz auf der Rückbank aus betrachtete sie die Hinterköpfe der beiden, manchmal bat sie darum, eine Kassette einzulegen, aber sie gaben zu der Musik, die ihr gefiel, immer abfällige Kommentare ab, also zog Valentina es vor, still im Dunkeln dahinzurauschen. Ihr schien, als herrsche in diesem Auto immer Nacht, die Luft war dünn oder verpestet. Mein Gott, wie viel Zeit sie eingeschlossen in dieser Kiste verbracht hat.

Über zwölf Jahre ist es nun her, dass sie ihre Mutter verloren hat, aber wenn sie sich beim Aufwachen plötzlich daran erinnert und es leise vor sich hinsagt (»Meine Mutter ist tot.«), ist es so, als würde sie ihre eigenen Worte nicht verstehen, es regt sich nichts in ihr und sie fühlt sich friedlich wie ein auf dem Wasser treibendes Blatt. Valentina denkt nicht an sie, sie denkt auch nicht an Jacques Savrier, der jetzt irgendwo in Genf lebt und so tut, als gäbe es Valentina nicht mehr. Sie war dreiundzwanzig, als sie mit einem Louis-Vuitton-Lederkoffer von Claudia, der in ihren Augen vollkommen fehl am Platz war, in einen Zug nach Paris stieg und ihr bisheriges Leben sich auflöste wie die Rauchringe einer Slim-Zigarette.

Valentina denkt nicht mehr daran, sie war seit jener Nacht – sie war damals achtzehn – nie wieder in Crans. Seit der Nacht, in der ihr Vater, das heißt, ihr Stiefvater, oder wie soll sie ihn nennen?, sie geweckt hat. Er war kreidebleich, und sie wusste sofort, was passiert war. Sie hatte auf diesen Augenblick gewartet, schon lange, schon immer.

Sie erinnert sich genau, was für ein Gesicht Jacques Savrier gemacht hat und was für Gesichter die zwei Polizisten machten, die sich über sie beugten. Valentina brauchte ewig, bis sie begriff, dass diese beiden Polizisten in ihrem Zimmer waren. Wie passten nur all diese Leute in den kleinen Raum?

Es herrschte große Aufregung, einer der Polizisten zog einen Comic aus ihrem Bücherregal und blätterte darin, als wäre er auf der Suche nach einer Erklärung für die Absurdität des Lebens. Valentina fiel ein, dass sie unter dem T-Shirt kein Höschen anhatte und dass die Herren ihren Hintern sehen würden, wenn sie gleich aufstand. Und dann hatte sie das Gefühl, sich in die Lüfte zu erheben, über der Szene zu schweben, von fern, von sehr fern drangen Worte an ihr Ohr, mit Verzögerung, wie bei einem Ferngespräch mit dem anderen Ende der Welt. Dieser Zustand dauerte einige Wochen, es kam ihr vor, als wäre sie in einen Wattebausch gehüllt, sie war so müde und fühlte sich weit weg von allem, aber das mochte wohl die Wirkung der Angstlöser und Antidepressiva sein, die sie in einem beigen Plastikdöschen, einem Süßstoffdöschen von Claudia aufbewahrte. Der Anblick des Blumenreliefs auf dem Deckel vermittelte den Eindruck, das Ding gehöre einem romantisch gesinnten Mädchen aus einem früheren Jahrhundert.

Sie hat immer gewusst, dass ihre Mutter sie eines Tages verlassen würde. Schon als sie ganz klein war, hat sie in ihr diesen Drang zur Flucht gespürt, und er wurde immer größer, wie ein Geschwür, das in ihrer Brust wucherte, ein dunkler Vogel, der sich danach sehnte, seine Schwingen auszubreiten. Es war eine quälende Bedrohung, die all ihre Erinnerungen an Claudia überlagert, auch wenn sie die Gefahr damals nicht wahrhaben wollte. Aber dem Leben, das sie führten, wohnte etwas Besorgniserregendes inne. Manchmal betrachtet Valentina ein Foto von ihnen beiden. Sie selbst ist darauf drei oder vier, Claudia noch keine vierundzwanzig, aber sie sieht aus wie siebzehn. Ihr Gesicht ist dem der Mutter ganz nahe, sie stehen Wange an Wange, ihre langen Haare verfangen sich, Valentinas goldene Ohrringe scheinen sich in denen der Mutter verhaken zu wollen, wie um Claudia bei sich zu halten oder mit ihr zu verschmelzen. Valentina erkennt ihr eigenes ängstliches Lächeln wieder, doch sie schaut vor allem ihre Mutter an, deren Blick in die Ferne schweift, zu einem Fluchtpunkt, der außerhalb des Bildes liegt.

Sie denkt nicht an Crans, aber in ihren Träumen kehrt sie dennoch dorthin zurück. Die gestrichelte weiße Linie der Straße, die von Sitten hinaufführt, zieht wie ein Super-8-Film an ihr vorüber, sie sieht die Lichtkegel der Scheinwerfer vor sich, die schwindelerregend hohen, einsturzbereiten Felsen. Auf einem fernen Gipfel jenseits der Waldgrenze steht mit erhobenem Arm eine gigantische Heilige Jungfrau Maria, eine seltsame Statue. Da ist das Chalet, es ist nicht ganz so wie in Wirklichkeit, aber auch nicht vollkommen anders. Sie füllt mit einer roten Plastikgießkanne die Luftbefeuchter an den Heizkörpern auf, wie sie es als Kind immer getan hat, das war ihre Aufgabe, doch im Traum haben die Flüssigkeitsbehälter keinen Boden, das Wasser fließt in ein schwarzes Loch, ins Grundwasser unter dem Chalet.

Da ist ihre Mutter im Schneesturm, ihr Haar wirbelt durch die Luft, sie schreitet zum Wald und entfernt sich immer weiter. Jetzt ist sie nur noch ein winziger Punkt, der den Berg zur Marienstatue hinaufsteigt. Valentina will ihr folgen, sie stapft durch den Pulverschnee, doch sie kommt nicht voran, die Äste und Zweige verfangen sich in ihren Haaren, zerkratzen ihr das Gesicht und die Arme, und während sie sich vergeblich müht, die Gipfelstatue zu erreichen, rücken die Bäume immer näher. Die Heilige Jungfrau Maria streckt die Arme nach Valentina aus, sie trägt Claudias Züge.

Zwölf Jahre ist es her, dass Claudia in die ewige Nacht eingegangen ist, als Valentina eine Postkarte zugestellt wird. Ihr wird schwindlig, wenn sie sie in der Hand hält, die schneebedeckten Berge und das Wappen des Kantons Wallis betrachtet, die dreizehn roten und weißen Sterne scheinen geradewegs einem ihrer Träume zu entspringen. Sie überlegt, ob sie die Karte geschmacklos finden soll, diese unbekümmerte Nachricht aus einer versunkenen Welt, oder ob sie auf eine solche Botschaft schon immer gewartet hat.

Anfangs hat sie Schwierigkeiten, das Kugelschreibergekritzel zu lesen. Sie entziffert »Chérie« und eine Telefonnummer. Die sorgfältigen Unterschriften mit den unendlich geschwungenen Cs ähneln denen junger Mädchen: die Unterschriften von Chris und Charlie. Valentina beschleicht das Gefühl, Post von zwei exzentrischen Gören zu erhalten, die ihr vorschlagen wollen, gemeinsam von zu Hause auszureißen.

Sie hat nie an Crans-Montana gedacht, aber als sie nachts in dem dunklen Taxi, dessen Reifen eine Art Tuscheln von sich geben, dort ankommt, fühlt es sich an, als wäre sie nie weg gewesen. Sie checkt im Hôtel Robinson ein, das sich gleich neben dem Kino befindet und an dem ein blinkender neonrosafarbener Leuchtpfeil anzeigt, dass man im Begriff ist, ein verrufenes Milieu zu betreten. Valentina stellt ihr kleines Reisetäschchen, in dem sich lediglich eine Jeans und ein marineblauer Pullover befinden, in einem angenehm riechenden Zimmer ab und bricht zum Chalet Archaeopteryx auf. Es macht ein Kussgeräusch, wenn sie mit ihren Turnschuhen im Schnee auftritt, die Umrisse dunkler Tannen neigen sich zitternd über sie.

In den Schaufensterscheiben spiegeln sich ein Mädchen in Lederjacke, sein wippender Pferdeschwanz, seine eingezogenen Schultern. Es könnte ihr eigenes Spiegelbild sein oder auch das ihrer Mutter, als sie so alt war wie sie. Vielleicht ist es weder das der einen noch das der anderen, sondern das einer Fremden.

Sie denkt an den in Plastikfolie eingeschweißten Schwangerschaftstest in ihrer Tasche, der noch in der Pappverpackung steckt und den sie in der Reißverschlusstasche verborgen hält, aber vor wem eigentlich, wenn nicht vor sich selbst? Manchmal holt sie ihn heraus und schaut ihn an, er ist schon seit einigen Wochen da drinnen, aber sie kann sich einfach nicht dazu entschließen, die durchsichtige Folie einzureißen. Ihr ist, als ob sie diese Folie von einem Geheimnis trennte, das tief in ihr schlummert, ein Aal in einem unsichtbaren Netz.

Hier in Crans-Montana hat sie die Schwelle von der Kindheit zum Erwachsensein überschritten, mit all den dazugehörigen Verwandlungen, einsinkende Wangen, anschwellende Brüste, dunkle Schatten unter den Augen, die vom Aufwallen der Hormone zeugen, nasse Slips und die entsprechenden Ausdünstungen, die wie ein Blumen- oder Moosduft plötzlich den Raum erfüllen. Valentina stellt sich einen Fries vor, auf dem sowohl aufrecht stehende als auch liegende Mädchen dargestellt sind, wie auf den Illustrationen in den Schulbüchern, die die Entwicklungsgeschichte des Menschen nachzeichnen.

Mit elf hatte sie ihre erste Regel, sie saß gerade in einer weißen Jeans in einem Restaurant auf dem Matterhorn vor einem Raclette. Zuerst dachte sie, sie habe sich schmutzig gemacht, dann überkam sie ein Gefühl, als ob man ihr einen Pfahl in den Unterleib rammte. Jacques Savrier rannte los, Damenbinden zu kaufen. Sie saßen zu zweit beim Mittagessen. Ihre Mutter war damals nie dabei. Wo sie war? Valentina hatte keine Ahnung.

Ihr schien, als passierte es in der Folge immer, sobald sie sich Crans näherte, als gäben die Berge ihrem Hormonhaushalt ein Signal. Im Auto fing es meist schon an. Wenn sie nach Genf das Flachland hinter sich gelassen hatten, griff eine unsichtbare Hand ganz tief in sie hinein und versuchte, etwas Geheimnisvolles, Obskures aus ihren Gedärmen zu ziehen. Valentina starrte von den schmalen Brücken über den Schluchten hinab ins Leere, und auf einmal spürte sie, wie zwischen ihren Schenkeln heiß und kalt das Blut rann.

Nächtelang hatte sie diesen hinterhältigen Schmerz, der wie eine Flut von unten aufstieg, bis sie sich schließlich übergeben musste. Im Nachthemd auf den Badezimmerfliesen kniend, den Kopf über die Kloschüssel gebeugt, wartete sie, bis es kam, und in den Atempausen, wenn der Brechreiz nachließ, schrieb sie die Namen der Jungs, in die sie verliebt war, mit Fingerspitzen auf die beschlagene Fensterscheibe.

Zu der Zeit kümmerte sich schon niemand mehr um sie. Tagsüber saßen ihre Eltern tuschelnd im Salon, manchmal lag die Mutter in den Armen des Vaters und schluchzte. Es herrschte eine merkwürdige Stille im Haus, am frühen Nachmittag legte die Mutter sich hin, an manchen Tagen stand sie gar nicht erst auf, und Valentina zog sich nicht mehr an, rollte sich unter ihrer Bettdecke zusammen, betrachtete die angelaufenen Scheiben und wartete, bis sich im Kondenswasser feine Rinnsale bildeten. Sie schienen aus Glas zu sein, die Tröpfchen lösten sich unendlich langsam vom Fensterrahmen, ein Metronom, das die Zeit zwischen den Pendelschlägen in die Länge zog. Das Haus stand unter einem Bann der Lähmung, sämtliche Bewohner waren ans Bett gefesselt und heulten Rotz und Wasser. Wenn es Abend wurde, schien der Zauber gebrochen, denn dann erwachten Valentinas Eltern wieder zum Leben: Jacques Savrier ging aus dem Keller unglaublich teuren Champagner holen, Claudia schlüpfte in sagenhafte Kleider, die Gäste kamen und schüttelten sich den Schnee von den Mänteln, als tobte ein wahnsinniger Sturm draußen.

Durch die Wand hörte Valentina das Lachen ihrer Mutter, ein überschwängliches, mondänes Lachen, das überhaupt nicht ihr zu gehören schien, sondern vielmehr einer Frau, die sich Claudias Körper nur übergestreift hatte. Die übrige Zeit glich Valentinas Mutter einem Gespenst, im Innern ihrer fleischlichen Hülle wohnte niemand mehr.

Als sie klein war, dachte Valentina, dass ihre Mutter glücklich war und sie eine ideale Familie abgeben würden. Sie wusste, vor allem in den ersten Jahren hatte sich Claudia mit aller Kraft bemüht, eine perfekte Ehefrau und Mutter zu sein. Sie kochte anspruchsvolle Gerichte, sie, die Kochen hasste, sie empfing die Geschäftsfreunde von Jacques Savrier mit einem filmreifen Lächeln, sie zeichnete mit Tusche haufenweise Weihnachtskarten. Sie strickte für Valentina eine riesige Boa, an deren Auge sie ein Herz aus Filz anbrachte, das bereits ein Omen ihrer späteren Beklommenheit war. Doch indem die Jahre verstrichen, hatte Valentina zunehmend den Eindruck, dass die Energie der Mutter zu bröckeln begann, so wie die ganze Gegend um sie herum seltsam zu bröckeln begann, Erdrutsche im Sommer, Lawinen im Winter, alles zerfiel wie Kreide.

Anfangs schien Claudia auf die weiblichen Reize ihrer Tochter zu setzen. Sie nahm sie mit zu Bouby Rombaldi, dem einstigen Skilehrer der Kennedys, der gleich neben der Eissporthalle eine Boutique betrieb, und kaufte Schottenröcke und die dazu passenden Pullover für sie. Sie kaufte gern bei Bouby, auch wenn man in Genf keine Schottenröcke trug und Valentina lieber weiße Jeans und Fransenstiefel gehabt hätte. Beleidigt stellte Claudia fest, dass Valentinas Haare immer dunkler wurden, und so betupfte sie ihre Haarwurzeln unter zärtlich liebkosenden Gesten mit einem kamillegetränkten Wattebausch. Aber Valentina wurde davon nicht blonder, weshalb Claudia die Behandlung mit der Kamille irgendwann aufgab und auch nicht mehr mit ihrer Tochter bei Bouby einkaufen wollte. Als Valentina etwa zwölf Jahre alt war, lag sie im Sommer einmal im Ballettanzug im Schwimmbad von Montana, weil ihre Mutter nicht daran gedacht hatte, einen Badeanzug für sie zu kaufen. Das blanke Entsetzen, das sie packte, als sie auf der Stahlleiter dem Becken entstieg und durch den durchsichtigen Synthetikstoff ihre Brüste zutage traten, während die auf den Liegestühlen sich zur Schau stellenden Mädchen aus Paris alle kalifornische Bikinis, rasierte Beine und Herzspangen im Haar hatten, sollte Valentina so schnell nicht vergessen. Sie wickelte sich in ein Frotteebadetuch ein, damit niemand den Flaum an ihren Beinen sah, der bis zu den Schenkeln hinaufreichte und an ein Vogeljunges erinnerte.

In Crans-Montana hat sie auch herausgefunden, dass Jacques Savrier nicht ihr leiblicher Vater war. Niemand hatte es ihr gesagt, aber in dem Schrank, in dem die Videokassetten aufbewahrt wurden, stieß sie eines Tages auf ein Familienstammbuch. Sie blätterte darin herum, ohne dass es dafür einen besonderen Grund gegeben hätte, und sah, dass unter ihrem Namen »Vater unbekannt« geschrieben stand. Gleichgültig nahm sie den seltsamen Wortlaut auf, er weckte keine außergewöhnlichen Gefühle in ihr, vielleicht war sie sogar erleichtert, nun hinter das Geheimnis gekommen zu sein und es gar nicht so schlimm zu finden, wie sie gedacht hatte.

In der Dunkelheit läuft Valentina die Grand-Rue entlang, und als sie den Supermarkt passiert, vernimmt sie den Ruf des Archaeopteryx. Im knisternden Schnee sagt sie durch das Säuseln des Windes hindurch seinen Namen und murmelt etwas vor sich hin, das wie ein vertrautes Klagelied aus ihr herausströmt. Sie erinnert sich, wie sie im Skioverall die Straße zur Kabinenseilbahn hochgelaufen ist, die zum Cry d'Er hinaufgeht, und sie den Jungs mit den zerzausten Haaren begegnete, die ihre Ski auf den Schultern trugen, den starken Schultern, an denen sie sich gern ein wenig angelehnt hätte, aber sie gingen federnden Schrittes an ihr vorbei, ohne sie anzuschauen, oder sahen wie durch eine wesenlose Gestalt durch sie hindurch.

Zu der Zeit hatte Valentina ihre Mutter fast komplett aus den Augen verloren. Claudia hielt sich regelmäßig in einem Sanatorium am Genfer See auf, wo man sie weder besuchen noch anrufen durfte, die Konfrontation mit den eigenen Angehörigen erschwerte anscheinend den Heilungsverlauf. Aber auch wenn sie da war, wirkte sie geistesabwesend, tagsüber ging sie meist aus, sie lebte mit einer anderen Familie in einer anderen Welt oder einem Paralleluniversum.

Als Valentina den Archaeopteryx erreicht, hat sie das Gefühl, einen stunden- oder tagelangen Fußmarsch hinter sich zu haben. Die Zeit hat sich gedehnt, als hätte sie sich lange in einem Boot über den See treiben lassen und zu spät bemerkt, dass sie abgetrieben wurde. All die Erinnerungen, die wie von weit fern, aus den Tiefen einer Höhle oder der Erde, in ihr aufstiegen, an ein Leben, das sie beinahe schon vergessen hatte. Sie war fast überrascht, als nach einer Mulde hinter einer Kurve der Archaeopteryx aufgetaucht war, dabei kannte sie die Kurve doch, sie kannte diese Kurven alle. Als ob sich eine Landkarte in ihren Körper eingeschrieben hätte, die sich mit ihren Blutbahnen vermischt, die Windungen der Straßen, die Bäume entlang der Wege, die Unebenheiten des Geländes. Sie dachte, das Chalet hat sich in der Zwischenzeit bestimmt verändert, vielleicht sieht es nicht mehr ganz so imposant aus wie früher, aber es gleicht exakt dem Chalet ihrer Erinnerung, die körnigen Wände, die einem schnell Kratzer bescherten, die gelben Fensterläden, das Fenster ihres Zimmers, durch das sie sich, als sie sechzehn oder siebzehn war, nachts gern davongestohlen hatte.

Damit ihre Eltern sie nicht bemerkten, zog sie erst gegen Mitternacht los, in hautengen Jeans und mit geschminkten Augen, wobei sie sich oft sagte, dass ihre Vorsicht übertrieben war, sie hätte genauso gut die Tür laut zuschlagen und für immer weggehen können, es hätte das Schattendasein ihrer Eltern wenig beeinträchtigt. Sie machte sich auf ins *Pacha* oder ins *1900*, der Wind strich über ihre Haut oder die Flocken wirbelten ihr um den Kopf, und wenn sie im Neonlicht vor den Nachtclubs stand, hatte sie das Gefühl, dass jeden Moment etwas passieren könnte. Aber es passierte nichts, sie bestellte einen Wodka und starrte die Mädchen an, die auf den dunklen Sitzbänken hockten und sich küssen ließen, es war, als ob sich das wahre Leben immer hinter einer Glasscheibe abspielte.

Sie war achtzehn, als es in einer Winternacht an ihrem Fenster klopfte und Stéphane Berger dastand, der Junge, der ihr einige Tage zuvor im Sessellift die Zunge in den Mund gesteckt hatte. Sie hatte geglaubt zu ersticken, es kam ihr vor, als würde sie gleich ein warmblütiges Tierchen verschlucken, und sie fühlte sich ganz hilflos, wie sie so in der Luft hing, in dem eisigen Nebel, in dem die

Konturen der Wirklichkeit verschwammen. Nicht einmal mehr Stéphane war zu sehen, sie wurde von einem Gespenst geküsst.

Ihm hingegen schien es ganz gut gefallen zu haben, immerhin stand er jetzt da im Schnee. Seine Haare waren nass, als hätte er gerade geduscht, und er hatte einen dunkelhaarigen Kerl dabei, der sich gesenkten Blickes leicht im Hintergrund hielt. Als Valentina die beiden so ansah, wie sie von einem Bein aufs andere traten, war ihr sofort klar, dass nun etwas passieren würde, das erhoffte und gefürchtete Gewitter kündigte sich an, die Seifenblase drohte zu platzen. In einer stummen, fließenden Bewegung kletterten sie mit kräftigen Armen übers Fensterbrett. Valentina lag in ihrem Kleinmädchenbett und ließ es wortlos geschehen. Befremdet spürte sie die Haut und die Hände der Jungen, die ihr unters T-Shirt und zwischen die Beine fassten, doch sie war ganz in die Betrachtung der Bettdecke versunken, der gestickten Bergblumen, die plötzlich irgendwelchen Insekten oder Krebsen ähnelten, die in den Daunen ihr Nest gebaut hatten, aus dem sie nun gekrochen kamen.

Die Sterne leuchten genauso wie in jener Nacht vor zwölf Jahren, als sich die zwei Jungen in ihrem Bett gewälzt hatten und Schlammspuren auf dem cremefarbenen Teppich hinterließen. Ein Sommerhimmel voller waghalsiger Versprechungen und Hoffnungen. Valentina geht in der Dunkelheit um das Haus herum, sie verspürt den Drang, die Weiten des Golfplatzes zu sehen. Auf einmal fragt sie sich, was sie hier überhaupt will, warum sie zu Chris und Charlie gesagt hat, dass sie erst morgen ankommt, und ob sie wirklich Lust hat, die beiden zu treffen. Sie fragt sich, ob dieser endlose Horizont, die Bäume, die immer näher rücken, nicht doch einem Traum entspringen. Wie dem auch sei, seitdem ihre Regel ausbleibt, seit fünf Wochen, ist ihr Leben in Bewegung geraten, dabei scheint die Zeit stillzustehen, ihre Träume sind intensiver als sonst, und sie fühlt sich ständig erschöpft. Wie durch ein Moor stapft sie durch den warmen, weichen Schnee, und als sie die Terrasse erreicht, bemerkt sie in der Glasfensterscheibe etwas undeutlich Schimmerndes.

Die Bäume scheinen zu murmeln, der Wind säuselt leise in den Zweigen, die gewaltigen Berge in der Ferne sind schwärzer als die Nacht. Valentina hat das Gefühl, als könnte sie in ihrem Rücken Augen spüren. Selbst die Tannen, die reglosen Tiere des Waldes und die sanft klirrenden Schneekristalle starren sie an, ihr scheint, als wären Millionen von Augen auf sie gerichtet.

Auf einmal spürt sie einen Schmerz, wie eine Explosion in ihrem Bauch und ihrem Schädel. Der Salon hinter der Glasfensterscheibe ist hell erleuchtet. Sie erkennt ein Kanapee und einen Fernseher. Auf dem Kanapee sitzt ein zehn- oder elfjähriges Mädchen in einem blauen Nachthemd, neben ihr ein Mann in Pullover und Flanellhose, das Ganze wirkt wie eine Schaukastenszene. Die beiden blicken starr Richtung Fernseher, aus dem bunte Werbespots flirren, sie sieht, dass die seitlich am Körper angelegten Arme des Mädchens angespannt sind. Das Mädchen sitzt steif wie auf einem Foto, doch unter seinem Nachthemd raschelt etwas, wie eine Maus, die über seinen Bauch huscht. Und dann kneift Valentina die Augen zusammen, sie erkennt den Unterarm von Jacques Savrier, der sich unter das Nachthemd schiebt, und seine Hand, die sich unter dem Stoff bewegt.

2

In der Brasserie Gerber braucht sie nicht lange nach ihnen Ausschau zu halten: Sie sitzen auf der Terrasse in der prallen Sonne vor einer Tasse Espresso und einem überquellenden Aschenbecher, einem dieser gelben Porzellanaschenbecher mit rotem Campari-Schriftzug, die in Crans-Montana in allen Cafés zu finden sind und in denen man die Kippen der Frauen an den Lippenstiftspuren ausmachen kann, während die der Männer bis zum Filter runtergeraucht sind. (Die Frauen rauchen Menthol-Zigaretten, die Männer dunklen Tabak.) Chris ist in einen Fuchspelzmantel gehüllt, ihre passend zum Lippenstift lackierten Nägel sind so lang wie in Valentinas Erinnerung. Charlie trägt wie Chris eine dunkle Sonnenbrille, in ihrem schwarzen Haar blitzt eine graue Strähne auf. Als Valentina die beiden sieht, wie sie sich in der kühlen Morgenluft sonnen wie zwei Filmstars, die nicht erkannt werden wollen, löst sich ein finsterer Knäuel in ihrer Brust.

Sie erinnert sich an die Weihnachtsbaumkugeln, die Charlie als Ohrringe trug, an Chris' irre Zebra- oder Panthermäntel, ihren parfümierten Puder, all die süßen, geheimnisvollen Düfte, die sie umgaben, wenn die beiden sie stürmisch umarmten und mit Küssen bedeckten, die sich anfühlten wie das Flattern eines Vogels auf ihrer Haut. An den Weihnachtsabenden herrschte große Aufregung, der Baum war mit Engeln behängt, die Luft elektrisch geladen, vor allem aber war alles in ein goldenes, von Sehnsucht erfülltes Licht getaucht. Eine ähnlich neugierige Erwartung kann sie den beiden an diesem Morgen auch von den Gesichtern ablesen, selbst bei Charlie, deren Undurchdringlichkeit ein Schleier, ein Schutzmantel ist.

Als sie Valentina erblicken, stehen sie mit einer anmutigen und doch raschen Bewegung auf. Valentina vergräbt ihr Gesicht in Chris' Pelz, schüttelt Charlies Hand und würde am liebsten gleich fragen: »Glaubt ihr, dass sie mich geliebt hat? Glaubt ihr, dass sie mich trotz allem geliebt hat?«

Das Licht ist unerträglich grell, Chris und Charlie erzählen Anekdoten, schließlich möchte man sich gelassen geben und etwas Lebensfreude ausstrahlen, wenn man mit der Vergangenheit am Tisch sitzt. Wobei es hauptsächlich Chris ist, die lebhaft spricht, während sie sich eine Zigarette nach der anderen anzündet, indes Charlie mit verträumtem Blick umhersieht und Valentina sich denkt, dass man sich gewiss leicht in die zwei verlieben kann, dass man sich eigentlich auf der Stelle in sie verlieben muss. Chris erinnert sich an die Morgen nach den Partys, als sie sich Kaviar aufs Croissant schmierten, und wenn sie lacht, zeichnen sich zarte Krähenfüßchen in ihren Augenwinkeln ab, ihr Blick ist nicht mehr der eines jungen Mädchens. Manchmal legt sich ein Schatten über ihr Gesicht, aber das kann täuschen, Valentina muss nur einmal die Augen zusammenkneifen, und schon ist da wieder dieses Lächeln und der Rauch, der sie umnebelt.

Die beiden berichten von jener Nacht, in der Claudia sie anrief und mit ängstlicher, schwacher und scheinbar weit entfernter Stimme sprach, Chris bekommt dabei feuchte Augen, und Charlie wirkt wie versteinert, doch Valentina sieht, wie sanft ihr Herz bebt, es bebt bis in die mit einem Päckchen Zucker spielenden Fingerspitzen hinein. »Weißt du, wir haben uns nur noch selten getroffen. Deine Mutter war mitunter ziemlich reserviert, wir dachten, sie interessiert sich halt nicht mehr so für uns.«

In jener Nacht aber waren sie, ohne lange nachzudenken, aus dem Bett gesprungen, Chris erinnert sich an Georges besorgten, eifersüchtigen Blick, und seine Haare, die nach allen Seiten abstanden. Sie zog eine hautenge Jeans – sie kaufte sie immer eine Nummer zu klein – und eine Skijacke an, schob sich die Zigaretten wie in guten, alten *Quatre-cents-coups*-Zeiten in die hintere Hosentasche und sagte zu George: »Ich hol Charlie ab.« Sie hielt vor dem Chalet der Tbilissis, Charlie stand in Pelzstiefeln und einer Art Kimono bereit, möglicherweise handelte es sich auch um einen langen Seidenschal. Sie schlug laut die Tür des Golfs zu und sagte mit ihrer tiefen Stimme, die leicht zitterte, was vielleicht auch einfach von den Schwingungen des Motors herrührte: »Gib mir 'ne Zigarette.«

Claudia trug ein Abendkleid, als ginge sie zu einer Party, aber sie war ungeschminkt, die Augen geschwollen. Sie redeten nicht viel, sondern legten entschlossen eine Kassette mit italienischen Liedern ein, Gigliola Cinquetti, Patty Pravo, wie in guten, alten Zeiten. Sie befreiten ihre Herzen von einer Eiskruste. Im Grunde hatten sie immer gewusst, dass es so enden würde, mit einem verpuffenden Knall oder einem Schuss in die Federwolken. Sie hatten immer gewartet, dass das Leben begann, aber es begann nie, sie waren wie Hasen im Schnee, die liefen, so schnell sie konnten, bis sie mit einem Mal zusammenbrachen. Unter dem Fell war ihr warmes Fleisch schleimig und glitschig.

Claudia hat nicht erzählt, was an dem Abend eigentlich passiert war, sie schüttete nicht ihr Herz aus, das hatten die drei nie getan. Sie hatten immer nur Banalitäten ausgetauscht und waren mit ihren Geheimnissen allein geblieben wie verlorene Punkte am Horizont.

Nun gehen sie zu dritt nebeneinander die Straße nach Montana entlang, Valentina in der Mitte, sie hat sich bei Chris und Charlie untergehakt. Gern würde sie den beiden die Fragen stellen, die ihr seit Urzeiten auf der Zunge brennen, aber wie lauten sie gleich noch mal? Chris und Charlie hatten Claudia ja nicht ständig mit ansehen müssen, sie hatten ja nicht permanent versucht, auf sie einzuwirken, im Gegensatz zu ihr, die immer vor einer inneren Leere gestanden hatte, als hielte sie eine Muschel in der Hand, an der schon ein Eichhörnchen genagt hat. Die Meinungen von Chris und Charlie gehen ohnehin weit auseinander. Für Chris war Claudia ein verwöhntes, stets unzufriedenes Kind. Sie hat so viel von Claudias Diamanten geträumt, die vor ihrem geistigen Auge funkelten wie elektrische Sterne. Charlie glaubt dagegen, dass auf Claudias Herzen schwerer Kummer gelastet hat, der verwickelt war wie eine alte Eisenspule.

Ihre Erinnerungen an Jacques Savrier sind vage, obwohl sie doch fast zwanzig Jahre mit ihm verkehrt haben. Sie wissen weder, welchem Beruf er nachging, noch wie all der Hummer, der Schmuck und die Berge von Kaviar auf dem Tisch beziehungsweise in Claudias zarten Händen landen konnten. Sie haben auch keine Ahnung, wer die Männer im Anzug waren, die Zigarre rauchten und mit entwaffnender Nonchalance Champagner tranken. Charlie blickt in die Ferne, hinauf zu den Höhen von Vermala, wo der Schnee wie winzige Glassplitter glitzert, und murmelt: »Es gab einen Punkt, an dem ich das ganze Geld so satt hatte. Ich konnte es einfach nicht mehr ertragen.«

Valentina betrachtet den Dampf vor ihren Mündern und hängt sich etwas fester bei Chris und Charlie ein. Der strahlend blaue Himmel mit den Wattebällchenwolken wirkt wie ein Versprechen. Sie schaut nach unten auf den kleinen, gefrorenen See und die neuen oder noch im Bau befindlichen Chalets am Ufer, auf die allmählich Gestalt annehmenden Träume ihrer Besitzer. Vor den altmodischen Boutiquen am Straßenrand sind Kleiderständer aufgebaut, auf denen dicht gedrängt Pelzmäntel zu Schleuderpreisen angeboten werden. Ein grünes, mit Strass verziertes Abendkleid im Stil der 70er- oder 80er-Jahre hängt einsam an einer Stange und schaukelt im Wind. Valentina kann sich des Eindrucks nicht erwehren, dass auf diesem Trottoir der Ausverkauf einer Jugend stattfindet, dass der Geist dieser toten Tiere, die hier im grellen Sonnenlicht präsentiert werden, über die Träume der drei Cs und all jener jungen Frauen, die einst bei Dunkelheit in die Nachtclubs gerannt sind, in der Hoffnung auf die große Liebe, triumphiert hat.

Ohne sich abgesprochen zu haben, verlassen Chris und Charlie die Straße nach Montana, allein durch einen sanften Druck am Arm weisen sie Valentina den Weg. Sie biegen in einen Trampelpfad ein, der zum Wald hinaufführt. In der Ferne rauscht ein Bach, vertraute Gerüche von Pinien und Feuchtigkeit erfüllen die Luft. Valentina erinnert sich an die über die Wiese vor dem Haus huschenden und hie und da innehaltenden Eichhörnchen. Chris beugt sich nach vorn und hält sich die Hüfte, Charlie atmet schwer, und Valentina wird ein wenig schwindlig. Sie sinken bis zu den Waden im festen, glitzernden Schnee ein, doch sie sind nicht aufzuhalten, etwas im Wald dort oben scheint sie zu rufen.

Sie kommen an einem Haus vorüber, dessen Anstrich verblichen ist, dem einzigen weit und breit. Der Anstieg wird steiler, ineinander verschlungene Bäume versperren ihnen den Weg. Auch die Stille wird schwerer, Valentina hat das Gefühl, als könnte sie mit ihren warmen Händen nach der Luft greifen. Sie laufen hintereinander, Chris geht voraus, Charlie, aufrecht, gleich dahinter, der Wind hebt leicht ihr Haar. Von hinten sehen die beiden aus wie zwei junge Mädchen beim Lustwandeln.

Sie erreichen den Wald, der Weg wird immer enger. Der Schnee ist verschwunden, anscheinend hat er sich in

Luft aufgelöst. Unter dem duftenden, den Himmel verdeckenden Blätterdach wird es wärmer. Es ist, als wäre hier eine andere Jahreszeit, vielleicht sogar ein anderes Jahr, vielleicht hat jemand die Zeit vor- oder zurückgespult. Beinahe gleichzeitig drehen Chris und Charlie sich um, sie scheinen stumm miteinander zu kommunizieren, wie zwei verschmolzene Seelen oder zwei Seifenblasen, die zu einer geworden sind. Sie lächeln, Chris zieht die Nase hoch, und auf Charlies Wange zeichnet sich kaum merklich ein Grübchen ab. Wie zwei kleine Mädchen, denkt sich Valentina, und es kommt ihr dabei so vor, als würde sie selbst wieder jünger werden, ihr Schatten ist nur noch ein feiner Strich. Vielleicht liegt es an der Luft, die im Wald weniger klar, weniger schneidend ist, oder am Licht, das durch die Zweige fällt: Das Gefühl der Bedrohung lässt nach, Valentina ist so fröhlich, als hätte sie im Wald ein Häuschen entdeckt. Zwischen den Bergen, dem giftblauen Himmel und ihrem Unterschlupf unter den Bäumen hat sich eine unsichtbare Wand gebildet.

»Hat sie mich geliebt?« Diese endlos in ihr widerhallende Frage lässt sie nun zum ersten Mal los, seitdem sie in Sitten den Postbus bestiegen hat, der sie in den Ort hinaufbrachte. Wenn sie zurückdenkt an die Fahrt, dreht sich ihr noch immer der Magen um, früher hat man zu ihr gesagt, das wird besser, wenn man älter wird, aber diesmal war es sogar noch schlimmer. Sie starrte in den Abgrund, die tiefen Schluchten, die ihre Mutter verschlungen hatten, und es war, als könnte sie sie sehen, ein Schatten im Gebüsch oder auf den bläulichen Gipfeln am Horizont.

Schweigend blickte die Mutter sie an, ihre geschlossenen Lippen schienen ein Geheimnis zu hüten.

Chris und Charlie beschleunigen ihren Schritt, und Valentina wird klar, dass den beiden der Weg vertraut ist. Auch ihr kommt der Weg bekannt vor, sie hat ihn schon einmal gesehen, auf einem Foto oder in einem Traum. Plötzlich glaubt sie erneut, die Gegenwart der Mutter spüren zu können, es ist wie ein Windhauch in ihrem Haar, oder ein verstecktes, flackerndes Licht, das irgendwo in den Bäumen oder in ihrem Innern strahlt. Die Mutter ruft Valentinas Namen, eine Hand streicht über ihre Wange, oder vielleicht ist es der Wind. Valentina erschaudert. Sie erinnert sich an Claudias zärtliche Liebkosungen, abends vor dem Schlafengehen, an ihre Hand, die wie ein Flügel ihr Gesicht bedeckte.

Valentina öffnet die Augen, die sie, ohne es zu merken, geschlossen hatte. Reglos stehen die drei Frauen mitten auf dem Weg, irgendwo im Nirgendwo, wie es scheint, und doch hat Valentina das Gefühl, dass alle Wege, die sie seit dem Tod ihrer Mutter zurückgelegt hat, an diesen Ort hier münden.

Chris setzt sich auf einen Baumstumpf, die Farben ihres langen Mantels, der sich um sie herum ausbreitet, verschmelzen mit denen des Gehölzes. Sie lächelt, ihr Lippenstift ist verschmiert, als hätte sie soeben jemanden geküsst. Charlie blickt mit der Hand über der Stirn in die Ferne und tritt dann auf Valentina zu. Ihre Hand, die sie Valentina auf die Schulter legt, ist leicht wie die der Mutter.

»Wir sind da.«

Ihre Worte hallen in Valentinas Ohren seltsam wider, ihr scheint, als hätte sie durch eine rauschende Muschel eine Nachricht erhalten, die ihr ein geheimes Treffen in Erinnerung ruft. In ihrem Kopf dreht sich alles, sie blickt auf Chris, die mit leuchtenden Augen dasitzt und raucht. Charlie lächelt so freudig, wie man sie noch nie hat lächeln sehen, umgeben vom Dunkelgrün des Waldes, den im Geäst sich bildenden Formen und Figuren, und dem von Nadeln bedeckten Weg, der fast einem Teppich gleicht. Sie hört die Mutter flüstern, doch ihre Worte werden übertönt vom Lärm des an ihre Schläfen pochenden Blutes.

Charlie steckt ihr einen Gegenstand zu, etwas Spitzes, es fühlt sich an wie ein Stein oder eine Rasierklinge. Sie blickt nach unten, sie hält ein Stück trockenes Brot in der Hand. In dem Augenblick raschelt es über ihrem Kopf, etwas Grauschwarzes flattert vor ihren Augen, es ist, als ob eine Luftschicht aufgerissen wäre. Das Flüstern ihrer Mutter ist nicht mehr in ihr, es verbreitet sich in der Atmosphäre. Chris steht nun ganz nah bei ihr, und an ihrem Ohr spürt sie Charlies Atem. Valentina schaut die beiden an, sie öffnet ihre Hand und sieht drei, vier Meisen, die sie umschwirren. Instinktiv streckt sie den Arm aus und beobachtet, wie die Meisen nach dem Brot in ihrer Hand picken. Sie denkt, ihre Brust sei zu eng für die Luft, die sie atmet, und auf einmal ist Claudia bei ihr, ganz nah, sie hält ihren Arm, sie blickt sanft, sie lächelt strahlend.

»Du warst mein Geheimnis«, flüstert sie, sie erscheint Valentina als kleines Mädchen, mit Leidensmiene und einem fürchterlichen Haarschnitt, dann als verwandelte, ausgewachsene junge Frau mit geschminkten Augen, die Haare werden im Zeitraffer immer länger, immer blonder, die Hüften runder, ihr Lächeln ist das einer leidenschaftlich Verliebten, dann schwillt plötzlich der Bauch an, bis er den ganzen Raum ausfüllt, und die Stimme wird kräftiger: »Du warst mein Geheimnis. Mein Schatz und mein Leid. Nur du.«

Valentina spürt, wie Luft in ihre Lungen strömt, ein Gefühl, als würde sie die Flügel spannen, und auf einmal fliegen die Vögel hoch und steigen durch die Baumkronen in den weiten Himmel empor. Sie nehmen die Finsternis mit sich, die die Mütter und Väter in sich trugen, die bereits ihre Ahnen in sich getragen hatten, die so in sich selbst gefangen waren, dass sie die Finsternis als stummen, düsteren blinden Passagier an ihre Söhne und Töchter weitergaben. Sie tragen all die geheimen Sehnsüchte, enttäuschten Hoffnungen und Begierden fort, nehmen all die Schmach, die Gleichgültigkeit und die Angst, das Schweigen und die Seelen der geliebten Wesen mit sich. All das steigt empor und löst sich über den Wäldern und Bächen in der Luft auf. Unterdrückte Gesten, nie ausgesprochene Liebesschwüre, abgewandte Blicke, vergessene und verdrängte Schuld, die in den Herzen der Kinder weitergelebt hat, in den Herzen von Jungen ohne eigenen Willen, von zarten Mädchen, die hinfielen und keine Arme hatten, um sich abzustützen. All das steigt zu den Berggipfeln auf, wo nur Schnee und Schweigen ist, wo alles in dem unendlichen Weiß versinkt, in dem die Geheimnisse fortleben.

Die Brotkrumen in Valentinas Hand verflüchtigen sich wie ein Staubregen, sie blickt auf Chris und Charlie und sieht durch die beiden hindurch ihre Mutter. Sie wird wiederkehren in ihren Träumen. Wenn Valentina mit der Hand über das Gesicht ihres Kindes streicht, das in diesem Augenblick noch ein winziges Ding in ihrem Bauch ist, wird sie sich erinnern an diesen Wald und die Luft, durch die die Hoffnungen von jungen Mädchen schwebten.

Anmerkungen

S. 50

Ich bin zu jung, ich bin zu jung, um dich zu lieben,
Ich bin zu jung, um allein mit dir auszugehen,
Wenn du wollen würdest,
Wenn du auf mich warten wollen würdest,
Hättest du an jenem Tag all meine Liebe für dich,
Lass mich eine romantische Liebe leben,
Bis endlich jener Tag kommen wird, aber jetzt noch nicht.

S. 61

Ich bin zu jung, ich bin zu jung, um dich zu lieben,
Bis endlich jener Tag kommen wird, aber jetzt noch nicht.
Jetzt noch nicht Jetzt noch nicht.

S. 74

Ich sehe dich Ich sehe dich Ich sehe dich
Tu wirst sterben in dem Wissen, dass alles deine Schuld ist.
Ich liebe dich, du Luder. Das wirst du büßen müssen.

S. 169

»Hast du ein Glück, ich habe sie nie kennengelernt.«

(Übersetzung: Sabine Erbrich)

Dank

Ich möchte mich bei Claudie Leger Polack, Coco ZV und Marco Barras bedanken.

Coco und Claudie im *Quatre cents coups*,
Crans-Montana im Juli 1966.